『ヴェニスの商人』

七五調訳シェイクスピア

今西 薫
Kaoru Imanishi

ブックウェイ

まえがき

七五調で――

シェイクスピアの　名が挙がる
最初に浮かぶ　『ハムレット』
次に『マクベス』？　『リア王』か？
そして残るは　『オセロ』だな
四大悲劇　偉大なり

　シェイクスピアの全作品中、最も有名なものは『ハムレット』。そして最も知名度の高い台詞は、ハムレットが語る To be, or not to be, that is the question（生きるが良しか死ぬが良し／それだけが　問題だ）である。

　四大悲劇で「ハムレットの生と死」、「マクベスの欲望とその惨憺たる結果」、「リア王家の愛の絆の脆さ、老人の思い込みと狂気 VS 純真で頑なな末娘のコーディリア、道化として付き従う知恵者」、「人間の持つ情念と嫉妬心、思い込み、誤解のオセロ」。これでほとんどシェイクスピアの真髄が語りつくされていると思っていたが、大間違いだった。

なぜ、今『ヴェニスの商人』などという人種差別をあか
らさまに描く作品を手掛け、しかも、近松門左衛門風に七
五調で訳そうなどということに思い至ったのかを説明する。
　たまたま同時期に、古典の近松門左衛門の『曽根崎心
中』を読みつつ、『ヴェニスの商人』を英語で読んでいた。
そのあと、それを日本語でも読む機会があり、その高名な
訳者が謙遜気味に「拙訳は別に学術的翻訳というものでも
なければ、といって、上演用台本のつもりでもない。一応
は日本人の『舌に乗る日本語』にしたつもりだが、同時に
また原文と併読する読者のことも考え、あまり原文脈を飛
び離れることは避けた」と書いていた。訳者の苦労をにじ
ませる話である。
　ところが、その訳はとても「日本人の舌に乗る日本語」
とは言い難いもので、これでは舌に引っかかると感じた。
「舌に乗る」のは俳句や、和歌、短歌である。童謡などに
も同種のものがある。サトウハチローの「長崎の鐘」、団
塊の世代の歌で言わせてもらうなら、「月光仮面」、「赤胴
鈴之助」、それに、舟木一夫の「高校三年生」、美川憲一の
「柳ヶ瀬ブルース」、枚挙にいとまがない。そして、やはり
近松門左衛門の語調のいい七五調ではないか！
　シェイクスピアはブランク・ヴァース（韻律はあるが、
厳格な押韻構成がない詩）という形式で書いている。そ
こで、日本の伝統的な詩形式である七五調で訳せばいい
のではと思いついたのである。この思いつきはいいのだが、

やってみるとこれほど厄介なことはなかった。シェイク
スピアの原文を日本語に訳してから、それをなんとか七五、
五七、五五七、七七五に収めなければならない。

　最初は、五七調で書かれている島崎藤村の「千曲川旅情
の歌」のように、百パーセント徹底して七五調でやろうと
思ったが、無理だった。自分で作る詩なら類語だけでなく、
まったく違ったイメージの言葉も選べるが、翻訳となると
原文があるために言葉が限られている。この七五調にする
ために日本語がおかしくなったり、しっかり七五調になっ
ているのに、逆にリズム感がなくなって、「舌にざらつく、
舌から落ちる」という珍現象に出くわした。一字増やした
り、減らしたりするほうが、ある個所では「舌に乗る」の
である。

　という訳で、この作品は完全には七五調ではないのをこ
こで謝罪しておきます。

　さらに、お詫びをしなければならないとするなら、エッ
センスを抽出して書かねばならなかったので言葉足らずに
なり、シェイクスピアの言いたかったことすべてを網羅で
きたのか疑問が残ることです。

　ただ、大発見がありました。不思議なのですが、この七
五調で作品を作っている最中に、七五、五七と指で数えす
ぎて、指が硬直するほど苦戦しながらも、心がウキウキし
てくるのです。また、できたものを声に出して読んでいる

と、今まで作った作品とは全く違うワクワク感があるのです。心がこそばゆい感じです。

　どうか、一ページでもいいので音読して、ご自分で試していただけませんか。私はひょっとして、この七五調のリズムは、心に悩みなどない人にも、心に悩みがある人にも、何らかの良い効果を与えるのではないかと密かに思っています。

　どうか、七五調の魔法にかかって、「明日、明日と、また明日」とそんな未来頼みの悠長な生き方ではなく、「今日、今日と、また今日」と、元気いっぱい暮らしてください。

　　　　　　　きょうと在住の　訳者しるす

目　次

［第1幕］

第1場

ヴェニス　路上

（アントニオ　サレイリオ　ソレイニオ　登場）

アントニオ

　なんでこんなに　気がめいる？
　どうしてなのか　分からない
　ほんとに嫌で　たまらない
　君らもそうと　言うのかい？
　何に憑かれた　魅せられた？
　何が原因？　因果なに？
　ちっとも自分に　分からない
　憂鬱　杞憂　湧き出して
　騒ぎ立てても　策はなし

サレイリオ

　君の心が　揺れ動く
　騒ぐ大海　波まかせ
　君の帆船　風を受け

8

　帆が立つ　帆が揺れ　帆がたわむ

　君の名は　海を馳せゆく　大富豪

　そうでなければ　大貴族

　小舟なんかは　蹴散らせて

　翼広げて　堂々と

　飛ぶが如くに　走りゆく

ソレイニオ

　まったくもって　僕なんか

　海に富など　賭けていりゃ

　僕の心は　海の上

　心ドキドキ　そわそわと

　草の葉むしって　じりじりと

　風向き調べ　確かめて

　地図を覗いて　今の位置

　港はどこか？　桟橋は？

　船荷は無事か　気にかかる

　些細なことで　気がめいる

サレイリオ

　海の嵐を　想ってみると

　溜息ずつに　冷めてゆく

　スープの名残り　汁名残り[1]

1　近松門左衛門『曽根崎心中』のお初・徳兵衛の道行の場面：
「一足ずつに　消えていく／この世の名残り　夜も名残り」
をもじってある。

悪寒が走り　吐く息で

嵐が起こり　その果てに

震える海は　共揺れと

落ちる砂落ち　砂時計

ながめせしまに²　砂湿る

思う心は　干潟や浅瀬

船荷　満載　アンドルー³

座礁せぬかと　こころ闇

帆柱倒れ　横ざまに

船体などは　身を横に

海の墓場に　顔埋め

動けぬ姿　瞼に浮かぶ

聖堂見れば　思うなり

危うし暗礁　危機迫り

優しき船の　横っ腹

ブチ抜かれては　お陀仏に

海一面は　香料と

絹の晴れ着の　乱舞台

言ってしまえば　簡単だ

財産すべて　藻屑となりて

無に帰し　文無し　我となり

2　小野小町　花の色は　うつりにけりな　いたづらに　わが
身世にふる　ながめ［眺め／長雨］せしまに、から借用。

3　船名。

10

想像絶す　地獄絵図

最悪思い　気に病んで

船荷のことで　アントニオ

ふさいでいるに　違いない

アントニオ

それは違うよ　見当違い

私の投資　幸いに

船一艘（そう）と　限らない

場所も一つと　限らない

今年一年　だけでない

分散投資　安全だ

船荷のことは　気にならん

ソレイニオ

それなら恋か？　恋愛か？

アントニオ

馬鹿なことなど　言うでない！

ソレイニオ

恋じゃないなら　何（なん）なんだ？

分かった　これだ　これなんだ

君は悲しい　その理由

楽しくないから　悲しいと

跳ねて　笑って　言えばいい

悲しくないから　楽しいと

話変わって　天国の　門番男（もんばんおとこ）

ジェイナスは　顔が二つも　あるという
自然は変な　人間を
造り出すこと　あるけれど
この男　いつも細目で　笑い出す
オウムのように　ゲラゲラと
バグパイプから　音がすりゃ
これとは違う　人になる
酢漬けの顔で　仮面づら
神のネスター　保証付き
ジョークなんかで　笑わない
白い歯なんか　見せないと
しかめっ面だけ　守り抜く

（バッサニオ　ロレンゾー　グラシアノ　登場）

ソレイニオ

あれあそこ　バッサニオの　お出ましだ
グラシアノ　ロレンゾーも
ここでおいとま　いたします
より良き友に　あとはお任せ　さようなら

サレイリオ

こんな立派な　面々が
お出ましならば　身を引いて
余興はやめて　去って行く

アントニオ

　馬鹿言うな！　君たちだって　良き友だ
　己が用事で　立ち去るために
　<ruby>己<rt>おの</rt></ruby>が用事で　立ち去るために
　良い口実に　してるだけ？

サレイリオ

　皆さん　そろって　良い一日を

バッサニオ

　これは　お二人　良き友よ
　次に会うのは　笑うのは
　いつになるのか　分からない
　どうしてここを　去って行く？

サレイリオ

　分かっています　約束だ
　お訪ねします　いつの日か

　　　　（サレイリオ　ソレイニオ　退場）

ロレンゾー

　バッサニオさん　やっと会えたね　親友に
　<ruby>潮時<rt>しおどき</rt></ruby>だから　さあ行こう
　我ら二人は　<ruby>お暇<rt>いとま</rt></ruby>を
　ランチの時に　会いましょう
　場所など忘れず　心得て

バッサニオ

忘れるなんて　あり得ない

グラシアノ

アントニオさん　具合の悪い　顔色で

世間のことを　気に病んで

くよくよ悩む　そんなこと

してはだめです　分かるでしょう

骨折り損の　くたびれ儲け

血色が　ずいぶん悪い　この頃は

アントニオ

この世は　この世　グラシアノ

ただそれだけが　この世ごと

そこで皆が　役を持ち

演じる舞台が　晴れ舞台

私の役割　嘆き役

グラシアノ

それなら僕は　道化役

愉快に笑い　皺が増え

年をとって　酒を飲み

肝臓　熱らす　まだましで

心臓冷やす　これはダメ

熱い血が　通った人が　なぜじっと

石膏細工　爺さま風に　なっている

それ不思議　起きているにも　かかわらず

うつらうつらと　眠りこけ

第 1 幕

つまらぬことに　苛立って
その度ごとに　黄疸に
なってしまって　身を崩し
無意味の意味を　曝け出す
一つ苦言を　述べたまで
僕はあなたを　認めてる
認めるが故　口を出す
世間では　おかしな奴が　幅利かす
顔に付けたる　薄皮の
下は澱みの　水たまり
じっと黙って　口きかず
世間さまから　崇められ
分別ありて　沈着で
思慮が深いと　評判で
「我こそ一人　知恵者なり
今ここに　神の御言葉　伝えんと
犬よ静まれ」ド偉顔
僕は察する　こうした輩
口を利かぬで　利口者
口を開けば　阿呆がバレ
聞くも無残に　地獄落ち
兄弟でさえ　言い放つ
大馬鹿野郎　バカヤロウ
こんな話は　またの機に

15

おやめなさいな　憂鬱を
出汁（だし）に使って　評判を
勝ち取るなどは　愚の愚の愚
そろそろ行こう　ロレンゾー
それではみんな　またあとで
ランチの後に　話して聞かす　結末を

ロレンゾー

それではこれで　ランチまで
僕もその　沈黙してる　賢人か？
グラシアノさえ　僕の口
封じ込めたり　するんだよ

グラシアノ

あと二年　僕とつきあう　ほうがいい
そうなれば　君は識別　できぬほど
自分の声さえ　忘れ去る

アントニオ

さようなら　それでは私も　雄弁に

グラシアノ

それはとっても　ありがたい
黙っていても　誉められる
僕は乾物（かんぶつ）　牛の舌
あるいは　これだ　皆が知る
生娘（きむすめ）の　売れ残りだと

（グラシアノ　ロレンゾー　退場）

アントニオ

今の話は　何^{なん}なんだ？

バッサニオ

グラシアノ　話し始めて　終わりなし

何^{なに}のなにごと　なにもない

ヴェニス随一　誰よりも

彼の話の　内容が

ないようなのは　明白で

俵の中の　もみ殻に

紛れ入った^{はい}　麦粒のよう

一日かけて　捜しても

骨折り損の　くたびれ儲け

アントニオ

ところでだ　さあ言いたまえ

告白すると　約束の

極秘の巡礼　恋相手

バッサニオ

あなたはすでに　ご存じで

我が家の^{いえ}　財政は　逼迫し^{ひっぱく}

目も当てられぬ　惨状と

身に余る　派手な暮らしの　成れの果て

もうそんな　贅沢に　未練はないが

借金の　膨大化
その清算に　困り果て
アントニオさん　お金でも　友情も
あなたには　最大の　借りがある
それなのに　友情に　すがりつき
僕の計画　目的を　打ち明けて
どうすれば　この負債から
逃れられるか　教え乞う

アントニオ

善良な　バッサニオ
頼むから　聞かせておくれ
君のこと　名誉に傷は　つけはせぬ
安心できる　私だよ
私の財産　私自身も
君の苦境を　救うため
してあげましょう　何なりと

バッサニオ

小学校の　頃だった
矢を放ち　失えば　同じ矢を
同じ強さで　同じ向き
二本の矢賭け　気を引き締めて
放ったことが　あったんだ
二本の矢　見つけ出した　経験を
子供じみてる　話だが

打ち明ける　今から話す　ことなんだ

数限りなく　あなたに負うて

負うた分まで　みな失くし

困り果てての　窮余策

頼みづらいし　言いづらい

しかし頼みは　一途なり

あなたは一本　同じ矢を

再度放って　くれまいか？

しっかり狙って　定め撃ち

できれば二本　持ち帰る

それが無理なら　放った一矢

その矢だけでも　持ち帰り

悪くとも　掛け金だけは　返済し

最初の　一矢　その分は

申し訳ない　借り倒し

あなたの好意に　すがるだけ

アントニオ

君は私を　知り尽くしてる

だから　遠慮は　遠すぎる

近しい僕を　疑うな

疑う時間　ムダ時間

ズバッと　的を射ってくれ

捧げてもいい　財産みんな

そんな婉曲　耐えがたい

君はスンナリ　言ってくれ
何でもするし　してあげる
バッサニオ
ベルモント[4]には　ある女性
余りある　遺産受け継ぎ
美人で美徳　兼ね備え
出会った時の　眼差しと
輝く無言　意思表示
名前はポーシャ　並び立つ
ローマの国の　ケイトウの
娘ポーシャに　引けとらず
ブルータスの　妻だった
「歴史の花」と　同じ名で
ポーシャのことは　知れ渡り
東西南北　四方から
風が運んで　来るという
名高い男　求婚者
ポーシャの髪は　金髪で
光り輝き　眩しくて
金の羊の　毛のように
額のあたり　垂れている
ポーシャの館　ベルモント

4　架空の地　「麗しの丘」の意味。

昔さながら　コルコス浜辺[5]

ジェイソン[6]気取り　若者が

先を争い　駆けつける

もし僕に　対抗できる　金（かね）あれば

きっと射止める　幸運を！

アントニオ

私の財産　海にあり

今すぐと　言われて困る

現金も　商品もない　何もない

それは君なら　知っている

頼みの綱は　信用だ

すぐに出かける　ヴェニスの町へ

どれだけあるか　我が信用

試してみても　損はない

さてさて　君を　ベルモント

ポーシャのもとへ　送る旅

なんとか資金を　探しあて

信用貸しで　いいんだし

どんなことでも　できること

してあげるから　させてくれ

（二人　退場）

5　黒海の東海岸にあった国。
6　怪物を退治して金の羊毛を手に入れたギリシャの英雄。

ベルモント　ポーシャの館の部屋

（ポーシャ　ネリッサ　登場）

ポーシャ

　ほんとうに　私の体に　大きな世界

　小ささ　大きさ　違いすぎ

　つくづくいやに　なりますわ

ネリッサ

　お嬢さま　不幸の数が　数を増し

　幸せの数　競うなら

　しかたないとも　思えます

　私には　分からぬことで　ありますが

　飽食すると　問題で

　節食しても　問題で

　どんなことでも　中ぐらい

　それが肝心　幸せの

　落としどころと　決まってる

　過ぎたるは　白髪（しらが）を早め

　長生きの　秘訣と言えば　ほどほどが

ポーシャ

　素敵な言葉　良い響き

ネリッサ

　それを守れば　なお良しで

ポーシャ

　善を為すこと　言うことと

　同じほど　易ければ

　チャペルは変わる　教会に

　貧民小屋も　王宮に

　神父さまでも　ご自分の

　教え守れば　なるほど聖者

　教えるだけなら　誰でもできる

　大切なのは　自分の教え　守ること

　頭では　はやる血を止め

　掟をつくり　自重する

　ところが血気　盛んに燃えて

　冷たい法規　飛び越える

　若気の狂気　ウサギに似てる

　分別が　作りし垣根　越えていく

　すべては　無駄に　無駄重ね

　いくら理屈を　並べても

　夫婦選びに　役立たず

　いやだわね　選ぶなんての　大嘘で

　断ることは　できないし

　私にとって　選ぶなど

　できるわけが　ないものね

生きている　娘の意志は　死の床で
死んだ父　その遺志勝り　生きている
自分で選ぶ　ことさえも
できないなんて　つらいこと
ねえねえ　ネリッサ　そうじゃない？

ネリッサ

お父さまは　ご立派で
申し分なし　すべてよし
心が清く　死ぬ間際
良い考えを　思いつき
金　銀　鉛の　箱選び
みごと正しく　引き寄せて
父君さまの　心射て
それが正しく　なされたら
きっとあなたは　愛される
それに間違い　ありません
話は変わり　ポーシャさま
並び立たれた　殿方を
いかに思って　おられます？

ポーシャ

それじゃ名前を　言ってみて
名前を聞けば　一人ずつ
私の気持ち　言ってみる
その言葉聞き　愛のレベルを　測ってね

ネリッサ

　ナポリの王子　一番手

ポーシャ

　あの人きっと　頓馬だわ

　馬の話を　してばかり

　自分の馬の　蹄鉄を

　付けることしか　できないわ

　あの方の　母君さまと　鍛冶屋さん

　すこしおかしな　関係ね

ネリッサ

　お次の方は　伯爵で

　名前は変わった　パラティーン

ポーシャ

　あのお方　しかめっ面が　お得意で

　「俺がイヤなら　勝手にな！」

　そんな顔つき　ばかりして

　楽しいはずの　話にも

　笑いを見せる　こともなく

　年をとったら　泣き虫学者

　あんな若さで　仏頂面で　無作法で

　二人ともども　失格よ

　骨をくわえた　髑髏でも

　お相手するの　まだましよ

　どうか神様　彼らから　お救いを

ネリッサ

　では次に　フランス貴族　ルボンさま

ポーシャ

　あの方も　やっぱり　神が　お造りに？

　あれで人並み　平均値？

　他人(ひと)の悪口　罪なこと

　分かっているが　つい口に

　でもね　あの方　馬のこと

　ナポリの王子　顔負けで

　しかめっ面の　パラティーンも

　顔を真っ赤に　恥いるわ

　性格歪み　人でなしの　人なのに

　ツグミが鳴けば　浮かれ立ち

　踊り狂って　見境いつかず

　自分の影と　ボクシング

　あんなお方と　結婚すれば

　数十人の　男性と

　結婚するのと　同じこと

　彼が私を　軽蔑すれば

　これ幸いと　安堵の気持ち　湧き出(いで)る

　愛されようと　応える気には　なれないわ

ネリッサ

　イギリス生まれ　ファルコンブリッジ　男爵は？

ポーシャ

言うことないわ　そうでしょう？

私の話　分からない

彼の言うこと　意味不明

フランス語　イタリア語

ラテン語だって　通じない

法廷で　証言だって　できるわよ

英語など　私ちっとも　できないと

見かけは少し　ましだけど

話せぬ人と　話せない

服ときたら　そのセンス

イタリア製の　派手な服

フランス製の　だぶだぶズボン

ドイツ製の　ベレー帽

国籍不明　どこの人？

ネリッサ

お隣さまの　スコットランド

そこの殿さま　いかがです？

ポーシャ

隣人愛を　お隣さまに

イギリスからは　平手打ち

頬に浴びても　誓い立て

もう一打ちも　お願いと

フランス人が　保証人

証文書いて　判押して

ネリッサ

　それでは一つ　お伺い

　若いドイツの　男性は？

　サクソニー氏の　甥御さん

ポーシャ

　朝のうち　酒は飲まずで　粗忽者

　昼過ぎは　酒は飲み過ぎ　ドコツ者

　一番ましな　時でさえ

　野獣に似てる　ケモノ以下

　私はね　社会の底に　落ちるとも

　一人で暮らす　手立てする

　ポンコツいらずの　生活を

ネリッサ

　正しく箱を　選ばれたなら

　お父さまの　ご遺言

　そむくことなど　できません

　結婚話　どうなさる？

ポーシャ

　だからお願い　酒杯を一つ

　違った箱の　上に載せ

　一目見せれば　誘惑に乗り

　悪魔が中に　潜んでいても　気にもせず

　きっとそれに　まっしぐら

　迷わずそれを　選ぶはず

28

　　私は　やるわ　心決め
　　酒癖悪い　男には
　　　　<ruby>さけぐせ</ruby>
　　飲まれたりなど　しないわよ

ネリッサ

　　お嬢さま　あの方々の　求婚の
　　心配去って　ご安心
　　皆さま　決意　なされたと
　　それぞれ　国に　帰られる
　　意にも反する　ことはせず
　　箱選びなど　勘弁と
　　他の方法が　あればまた
　　そんな気持ちで　去られます

ポーシャ

　　シィビラのように　砂の数ほど　長生きしても
　　　　　　　　　　　[7]
　　ダイアナのよう　乙女のままで　死に向かう
　　　　　　　[8]
　　お父さま式　やり方で
　　結婚するの　最高ね
　　あの方たちが　話の分かる　人なので
　　帰ってくれて　ほっとする
　　どうか神様　あの人たちの
　　旅路を無事に　お導き

7　古代イタリアの巫女　アポロンの神から、手に握れる砂の
　数の年齢を生きることが許された。
8　月の女神　処女性の象徴。

よろしく　願い申します

ネリッサ

お嬢さま　覚えてられる？

モントフェラット　侯爵を

父君さまが　健在の時

そのお供　学者であって　軍人で

若いお方で　ヴェニスから

ポーシャ

覚えています　はっきりと

バッサニオ　そんな名前じゃ　ありません？

ネリッサ

お嬢さま　まさにその方　お見かけし

この愚かなる目が　証人と

清い女性に　お似合いの

男の方と　存じます

ポーシャ

記憶にあるわ　まざまざと

その方ならば　的を射る

あなたの言葉　誉め言葉

（召使　登場）

ポーシャ

何かあったの？　何かの知らせ？

召使

　さきほどの　六人の方[9]

　お別れの　言葉を述べに　来られたく

　あともう一人　モロッコ王の　先駆けで

　来られた方の　伝言ありて

　その王が　もうすぐここに　お見えです

ポーシャ

　あの方々を　送り出し

　とても晴れやか　良い気持ち

　そんな時　また一人

　お迎えするのも　気持ち良い

　万が一　その方の顔　悪魔でも

　心清くば　それで良い

　夫婦になるかは　先のこと

　今はただただ　私の懺悔

　聞いてほしいと　願うだけ……

　さあさ　ネリッサ　先駆けの

　男一人を　帰らせて

　別の男が　戸を叩く

　　　　（三人　退場）

9　シェイクスピアはうかつにも間違って「四人」にしている。
　種本は四人、そこに自分で英国人二人を追加したのにその数
　を加えていない。

ヴェニス　広場

（バッサニオ　シャイロック　登場）

シャイロック
　三千ダカット？　どうだかな？

バッサニオ
　三ヵ月では　どうだろう？

シャイロック
　三ヵ月かな？　どうだかな？

バッサニオ
　今も言ったが　保証人
　信頼できる　アントニオさん

シャイロック
　アントニオさん　保証人？

バッサニオ
　僕を助けて　くれるのか？
　僕の望みを　叶えてくれる？
　返事がどうか　聞きたいが

シャイロック
　三千ダカット　期間は三月（みつき）
　保証人は　アントニオ

バッサニオ

　さあ早く　お返事を！

シャイロック

　アントニオ　善人か？

バッサニオ

　悪口誰も　言わないが

シャイロック

　いやいやそれは　意味違う

　わしの言う意味　善人は

　金にゆとりが　あることだ

　ところが彼の　財産　仮想

　不確かで　不透明

　彼の商船　トリポリス　西インド

　リアルト[10]の　話では　メキシコや　イギリスへ

　他の投資も　あちこちに

　ところが　船は　板一枚

　水夫たちとて　皆生身

　陸のネズミや　海ネズミ

　陸の泥棒　海泥棒

　わしの言う意味　海賊だ

　海難危難　風と岩

　それでも彼は　だいじょうぶ

10　商業取引所。

三千ダカット　承知した
　　彼の証文　いただこう
バッサニオ
　　確約したし　保証する
シャイロック
　　自分で保証　確かめる
　　保証の保証　あるや否
　　話す機会は　あるのかね
　　アントニオ　直接に？
バッサニオ
　　良ければ共に　食事でも？
シャイロック
　　それじゃ行こうか　豚の香を
　　嗅ぎに出かけて　見ようかと
　　キリスト様が　豚の中
　　封じ込めたの　悪魔だぞ
　　わしはする　売ったり　買ったり
　　話をしたり　一緒に歩く　こともある
　　だがしかし　共に食べたり
　　飲んだりは　しやしない
　　祈ることなど　ありえない
　　リアルトで　何事か？
　　誰ですここに　来た人は？

（アントニオ　登場）

バッサニオ

　やってきたのは　アントニオさん

シャイロック〈独白〉

　何て顔つき　税取り人

　ごますり顔が　気にいらん

　クリスチャンなど　吐き気する

　それより　もっと　腹が立つ

　低姿勢での　物腰で

　乞われるままに　金を貸し

　ヴェニスの利子を　引き下げて

　我ら仲間の　邪魔をする

　今に見ておれ　弱みを握り

　必ず恨み　晴らしてやるぞ

　我ら選民　蔑む暴挙

　場所もあろうに　商人たちが

　集まる所　このわしを

　高利貸しだと　呼び捨てる

　わしのまともな　収入に

　ケチさえつける　ろくでなし

　これを黙認　するならば

　我が民族に　呪いあれ！

バッサニオ

聞いているのか　シャイロック？

シャイロック

　手持ちの金を　数えてる

　わしの記憶を　辿（たど）るなら

　見積もりしたが　すぐは無理

　三千ダカット　耳そろえ

　用意できぬが　案がある

　わしの仲間の　テュバル君

　我が民族で　お金持ち

　テュバルがきっと　用立てを

　少しお耳を　バッサニオ

　何ヵ月との　お望みで？

　（アントニオに）

　ご機嫌よろしゅう　ございます

　今もお噂（うわさ）　してました

アントニオ

　シャイロック　金の貸し借り　私など

　一度たりとも　利息など

　取ったことさえ　ないけれど

　今度ばかりは　払います

　バッサニオに　かかわることだ

　鉄則破り　やりましょう

　（バッサニオに）

　もう言ったのか　金額を？

シャイロック

　伺ってます　三千ダカット

アントニオ

　三ヵ月とも　知らせたね

シャイロック

　忘れていたぞ　三ヵ月
　確かにそうと　聞いていた
　では証文と　参りましょう
　ええっとちょっと　確かあなたは　利子をつけ
　貸し借りせぬと　おっしゃった

アントニオ

　ああその通り　しやしない

シャイロック

　伯父のラバンの　羊飼い
　それをヤコブが　してた時
　悪知恵長ける　ヤコブの母は
　まんまと計画　成功させて
　我らが先祖　アブラハムさま
　その血を受けた　長男を
　廃嫡させて　ヤコブに継がせ
　アブラハム　三代目

アントニオ

　それがどうした？　何なんだ？
　利息なんかを　取ったのか？

シャイロック

いえいえ　利子は　取りはせぬ

あなたの思う　それじゃない

ヤコブの仕方　披露する

まずはラバンと　取引を

その年生まれの　子羊の

縞と斑とは　ヤコブの物に　なるとして

秋も終わりの　頃になり

羊のメスに　発情つき

オスをあてがい　その時に

ヤコブがするは　枝集め

皮を剥ぎ　枝を並べて　突き立てた

牝羊孕んで　月経ちて

子羊生まれ　斑ばかり

それで羊は　ヤコブのものと　なったんだ

これが　いわゆる　利殖だよ

幸せ者は　ヤコブなり

利息は　神の　恵だぞ

盗んだ物じゃ　ないからな

アントニオ

ヤコブの策は　賭けなんだ

自分の力　関与せず

すべては　神の　お導き

それはただ　利子をごまかす　手段に過ぎん

おまえには　金銀は　羊の夫婦？

シャイロック

それはなんとも　言えません
金<ruby>かね</ruby>にも　わしは　子を産ませ
どんどん大きく　太らせる
念のため　一言言った　だけですよ

アントニオ

聞いたか　これを？　バッサニオ
悪魔　勝手な　目的で
聖書を一つ　引用し
自分を守る　盾とする
悪党の　つくり笑いと　同じこと
見かけ倒しの　腐ったリンゴ
外面良くて　内面悪い

シャイロック

三千ダカット　かなりの額だ
一年のうち　三ヵ月
レートは　いかに　なすべきか？

アントニオ

シャイロック　融資をしては　くれるだろう？

シャイロック

アントニオさま　これでもう
幾度になるか　数知れず
リアルトで　このわしを

誹謗中傷（ひぼうちゅうしょう）　しなさった
わしの金とか　利子とかで
だがわしは　肩をすぼめて　じっとして
我慢　辛抱　してました
これが　わしらの　称号だ
あんたは　わしに　こう言った
非人　残忍　邪宗徒と
民族服に　唾吐いた
ただわしの　自分の金の　使い方
お気に召さぬと　いうだけで
ところが今は　わしのところに　助けてと
そこで　おっしゃる　「金貸して！」
その口からの　お言葉で
鼻水を　わしの髭には　吹っかけて
あんたの家の　門口で
野良犬如く（ごと）　足蹴（あしげ）にし
それがどうです？　お金乞い？
なんと申せば　いいものか？
言うべきなのか　次のこと
「犬が　金など　持ってるか？」
「野良犬貸すか　三千ダカット？」
それとも　奴隷？
おずおずと　腰をかがめて
息絶え絶えに　言うべきか！

40

旦那さま　この水曜日　晴れやかに
唾を吹っかけ　いただいて
いつぞやは　感謝の印しと
足蹴にかけて　くださって
じゃけんに　呼んで　くださって
犬呼ばわりを　受け賜って
数々の　そのご親切への　返礼と
大金の　ご用立て
その命令を　頂戴し
「ありがとう　ございます」
そんな言葉を　発すべき？

アントニオ

これからも　今まで通り
犬扱いで　犬呼ばわりで
唾を吐いたり　足蹴にかける
貸したあとでも　友達なんて　思わぬことだ
それで結構　良い関係だ
友情で　石女の金　友達に
抱かせて　子供　生まれたと
そんな話は　あるものか
いいか　おまえは　心せよ
敵に貸すと　心得よ
違約した時　大いばり
それで　双子を　生めばいい

41

シャイロック

喧嘩腰など　ならなくて

これからは　ごひいきに

ご愛顧願い　申します

この身　塗られし　泥や恥

水に流して　ご用立て

わしの金には　利子つけず

その気で　いても　聞く気なし

これはこちらの　おもてなし

アントニオ

おもてなしだと　しておこう

シャイロック

ではその心　お見せする

公証人の　所まで

ご一緒願い　申します

判さえついて　もらえれば

ほんの戯れ　それだけで

証文記載の　このすべて

決まった日にち　決まった場所で

返済できぬ　その時は

旦那の肉を　カタとして

どこでも　わしの　好きな部位

切って取っても　よいとして

アントニオ

それでもよいぞ　承知した
判を押そう　その証文
ユダヤ人も　親切と
言って　添えよう　ご挨拶

バッサニオ

だめですよ　そんな証文
判を押しては　いけません
そんなことなど　するのなら
今の苦境は　耐え忍ぶ

アントニオ

心配なんか　何もない
違約なんかに　なるものか
この二ヵ月で　返すから
期限切れまで　一月（ひとつき）も
十分に　ゆとりある
この証文の　九倍は
きっと手元に　戻るから

シャイロック

アブラハムさま　我が祖先
教え給えよ　これがその
キリスト教徒と　いう奴か
お互いに　腹の底まで　探り合い
聞かせてほしい　約束期限　守れずに
金が返せぬ　はめになる

それでわしには　何の得？
押さえたカタは　肉片一つ
それさえ人の　肉ときて
なんの値打ちも　ありはせぬ
儲かるわけは　なにもない
ヤギや羊や　牛でさえ
高く値が付く　はずなのに
旦那の知遇を　得るために
男気出して　いるんです
受けてくださる　気があれば
それで結構　決着だ
気がないのなら　決別だ
どうか　友情　お汲みとり
下衆の勘ぐり　ご勘弁

アントニオ

分かった　すべて　シャイロック
できた　証文　判つこう

シャイロック

そうと決まれば　なにより先に
公証人の　ところへと
お出向き願い　粋狂の
一条だけは　公証で
わしは急いで　金集め
家の様子も　調べねば

44

　　小僧に留守を　任せたら
　　気がかりばかり　気が重い
　　そのあとすぐに　参ります
アントニオ
　　急いでおくれ　ユダヤ殿

　　　　（シャイロック　退場）

　　このユダヤ人　近い日に
　　キリスト教に　改宗し
　　隣人愛を　会得する？
バッサニオ
　　信じるわけに　いきません
　　言葉巧みで　隠した邪心
アントニオ
　　さあ行こう　今のとこ
　　心配するに　及ぶまい
　　私の船隊　帰り着く
　　期限には　一月前に　港へと

　　　　（二人　退場）

［第2幕］

第1場

ベルモント　ポーシャの館の広間

（ムーア人のモロッコ王　ポーシャ
ネリッサ　他の従者　登場）

モロッコ王

　この顔の色　それ故に
　毛嫌いなさる　こと無きように
　願っています　心より
　太陽の　影を宿した　勲章で
　隣づきあい　お日様と
　どんな美白の　男とて
　光の炎　寄せつけぬ
　氷柱に　密封の
　北国生まれの　男さえ
　あなたの愛を　得るまでは
　肌を傷つけ　血を流し
　闘う決意　増し増する

どちらの方の　血が赤い？

知っていただく　ためならば

どんな勇者も　恐れぬ拙者

愛情に懸け　申します

嘘　偽りは　ありません

我が国の　いかなる美女も　この顔を

愛で讃えてぞ　おりまする

肌の色　変えたいなどと　いう気なし

そうしなければ　お心を

勝ちえないなら　しかたない

ポーシャ

選ぶのは　女の気ままな　好き嫌い

そんな尺度じゃ　ありません

その上に　決める運命　籤なので

私一人で　できぬこと

父の遺志　夫選びで　縛りがなくば

どなたさまより　あなたさま

私の心　預けましょう

モロッコ王

そのお言葉は　ありがたく

頂戴させて　もらいます

私も運を　試したい

三日月刀に　身を委ね

ご覧ください　この刀

これで斬ったり　ペルシャの王子

トルコ王　ソリマン撃破　過去三度

その刀　わが心懸け　誓います

どんな目も　それに倍する　目力で

睨み返して　みせましょう

いかほどの　勇者であれど　我が気迫

勇気りんりん　蹴散らせ　散らす

望みなら　乳吸う子熊

母熊からも　奪い去る

餌食を求め　吠え脅す

ライオンさえも　怖じけさす

お嬢さま　射止めるのなら　いとわずに

でも時に　悲しいことも　起こりうる

ヘラクレス　それに対する　下僕ライカス

戦いを　賽で決めれば　賽の目が

どちらに転ぶか　運しだい

弱い者でも　勝つかもしれぬ

英雄負けて　下僕勝つ

盲目の　運命我を　導くが

それがどこかは　分からない

大事なものが　我を去り

くだらぬ者に　奪われる

悲嘆のうちに　死にゆくか

ポーシャ

48

お心を　まずは清めて　箱選び
失敗されて　その後は
もう結婚は　なさらない
ご誓約して　いただける？
本当に　よく考えて　お返事を

モロッコ王

お誓い申す　潔く
運を試すと　決意した

ポーシャ

まず教会へ　お出ましを
ランチのあとで　運試し

モロッコ王

祈るのは　幸運のこと　それだけだ
幸せ者に　なれるのか？
それとも　みじめ　不幸者？

（全員　退場）

ヴェニス　路上

（ランスロット　ゴボウ　登場）

ランスロット

良心は　確かに俺を　分かってる
ユダヤの主（ぬし）の　家からは
逃亡しても　いいはずだ
俺の袖先（そで）　鬼が引く
引っ張りながら　誘いかけ
「ゴボウさん　ランスロット　ゴボウさん」
「善良ゴボウ　ゴボウさん
善良なりし　ゴボウさん
その足使い　飛び出して
逃げろや　逃げろ」
良心　叫ぶ
「用心するが　いいのでは
正直者の　ゴボウさん
飛び出すな　足など使い　走るのやめろ」
大胆　鬼が　けしかける
「行け！　行け！　行け！」と　鬼が言う
「ここで勇気を　湧き起こせ！　逃げるのだ！」

鬼が何度も　繰り返す
ところが　俺の　良心が
俺の心臓　首根っこ　しっかり掴み
ぶらりぶらりと　垂れ下がり
賢（さか）しげに　こう言いやがる
「正直者の　ランスロット
正直者の　息子さん」
まともな女　出産の
息子であれば　いいけれど
正直言うと　親父は俺を　引っ叩（ばた）き
それで俺は　腫れ上がり
変な趣味　持っていた？
続いて　良心　言いなさる
「動くでない！」と　繰り返す
「動くんだ！」と　言い返す　小鬼さん
「動くの禁止！」　しつこく言うは　良心が
俺は言う「良心さんよ　良いお告げ！」
俺は言う「小鬼さんよ　良いお告げ！」
良心に　従うならば
俺はとどまり　ユダヤの家に
はっきり言えば　伏魔殿（ふくまでん）
ところがだ　ユダヤ人から　逃げ出せば
俺は　小鬼に　牛耳（ぎゅうじ）られ
これこそ　そこは　悪魔殿（あくまでん）

俺の良心　まともな心
今まで通り　仕えよと
親身になって　アドバイス
小鬼はもっと　親切に
忠告してる　下心
決めた　逃げるぞ！　小鬼さん
俺の足　あんたに任せ　用意する
逃げだし　駆けだし　急ぎあし

（バスケットを手に父親ゴボウ　登場）

ゴボウ

やあ　そこの　お若いお方　お尋ねいたす
ユダヤの家に　どうして行けば　よかんべな？

ランスロット〈傍白〉

なんだこれは　驚いた
俺を生ませた　親父さん
かすみ目なのは　聞いていた
かすみどころか　悪化した
砂目に砂利目　俺が誰だか　分かんねえ
親父さん　ひと泡吹かせ　楽しもう

ゴボウ

おいそこの　お若い紳士　尋ねまするが
ユダヤの家に　どうして行けば　よかんべな？

ランスロット

　次の角　右に曲がって

　次の角　左に曲がって

　ちょうどその角　どっちにも

　曲がったりせず　遠回り

　行止まりなら　ユダヤの家に　お着きだよ

ゴボウ

　これは困った　難儀だな

　曲がりなりにも　たいそうな

　ご存知あるか　知らねえが

　ユダヤの家で　奉公してる　ランスロット

　いまでもそこで　働いて？

ランスロット

　その話　若旦那さま

　ランスロットの　ことですか？

　〈傍白〉俺をよく見ろ　親父さん

　　　　　もっとからかい　ふざけてやろう

　ランスロット　若旦那さま

　その方のこと　お尋ねで？

ゴボウ

　とんでもねえ　若旦那とは

　めっそうな　貧乏人の　小倅で

　あれの父親　なんどすが

　言ってみりゃ　正直で

びっくりするほど　貧乏で
　　それなのに　ありがてえほど
　　体は丈夫　でいじょうぶ
ランスロット
　　親父のことは　捨ておいて
　　若旦那さま　ランスロットの　話する
ゴボウ
　　旦那の友の　ランスロット？
ランスロット
　　ご老人！　ランスロットの
　　若旦那さま　そう言っとくれ
ゴボウ
　　飾り気なしの　ランスロット
　　息子なんで　ごぜえやす
ランスロット
　　やっぱりそれは　若旦那さま
　　親父さん　分かったからよ
　　おしめえにする　その話
　　若旦那さま　天命なのか　知らねえが
　　変な言い方　してみると
　　睨まれたのは　三人姉妹の　女神様[11]
　　手短かに　言ってしまえば　死んじゃった

───────────────

11　ギリシャ神話　運命を支配する三人姉妹の女神。

ゴボウ

何てこと！　言っちゃなんねえ　そんなこと！

老いたわし　そのまさに杖

支えのはずの　息子だべ

ランスロット〈傍白〉

俺がこん棒？　小屋支柱？

杖か　つっぱり　何なのか？

俺が誰だか　分かんねえ？

ゴボウ

嘆かわしいが　あんたが誰か　分かんねえ

お若いお方　お願えだから　言っとくれ

あの子はいるか？　ああ神様よ　生きとるか？

それとも死んで　しまったか？

ランスロット

父様や　分かんねえのか　俺のこと？

ゴボウ

悲しいことに　視力落ち

はっきり誰か　見えねえだ

ランスロット

目が見えたとて　実際に

俺が誰かは　分かるめえ

てめえの子供　偉え親父が　知るだけだ

「知らざあ言って　聞かせやしょう[12]」
あんたの息子の　暮らしぶり
まずは俺にと　祝福を
「歌に残した[13]」真実の
「悪事はのぼり[14]」暴かれる
人の息子の　結末の
事実はいつか　現れる

ゴボウ

旦那さま　どうかお立ちに　なっとくれ
あんたがね　ランスロットの　わけがねえ

ランスロット

頼むから　もうやめにしては　くれねえか
悪ふざけなど　やめるから
早く俺に　祝福を
この俺は　「名さえ由縁の[15]」　ランスロット
あんたの赤子　その昔
今は息子で　次ぎ　子供

ゴボウ

だいそれた　馬鹿な話の　はずがねえ
あんたがわしの　息子など

12　歌舞伎「弁天娘女男白浪」の弁天小僧の台詞。
13　同上
14　同上
15　同上

ランスロット

　馬鹿なことかは　知らねえが

　とにかく俺は　ランスロット

　ユダヤ人の　召使

　間違いはねえ　俺の母親　マージェリィ

　あんたの妻の　名前（なめえ）だろ

ゴボウ

　嫁は確かに　マージェリィ

　旦那がもしも　ランスロット　その人なりゃあ

　血と肉分けた　親子だべ

　こりゃあ何だね！　何てこと！

　ひでえヒゲ面（づら）　何てこと！

　おめえの顎（あご）は　駄馬（だば）の顎

　うちのドビンの　尻尾（しっぽ）より

　毛がたっぷりと　スゲエ髭（ひげ）

ランスロット

　そういうことは　ドビンの尻尾　縮んだか

　このまえ見たら　俺の髭より　尻尾の毛

　ふさふさしてた　はずだがな

ゴボウ

　とんだことに　なってるな

　なんでそんなに　変ったか？

　ところでと　おめえと旦那

　気が合って　いい関係で　いるんだろ？

持ってきたのは　土産物
ランスロット
　　まあまあだ　だが今は
　　ずらかることに　決めたんだ
　　ちょっとばかりは　逃げねえと
　　おさまらねえは　腹の虫
　　俺の旦那は　ユダヤ人
　　腹の底から　腹黒い
　　土産物？　縄でもやれば　気が利いて
　　縛り首には　もってこい
　　もう俺は　こき使われて　餓死しそう
　　俺の肋骨　とんがって
　　あんたの指を　数えることも　できそうだ
　　親父さん　よく来てくれた　嬉しいよ
　　土産物　バッサニオさまに　あげてくれ
　　とびっきり　新しい服　くれるんだ
　　あの人に　仕えることが　できねえと
　　この世の果てに　走り去る
　　ああ幸運が　やってきた
　　あの人ここに　登場だ
　　親父さん　土産物は　あの人に
　　ユダヤ人に　仕えれば
　　俺もユダヤに　なっちまう

　　　　（バッサニオ　レオナルド　従者　登場）

バッサニオ

　（従者に）そうしてもいい

　しかし急いで　くれないか

　夕食は　遅いとしても　五時までに

　これらの手紙　配達し

　グラシアノには　伝言を

　すぐにも家に　来るように

　　　　　　（従者　退場）

ランスロット

　親父さん　さあさあ早く

ゴボウ

　旦那には　神のご加護が　ありますように

バッサニオ

　ありがとう　ところで何か　御用でも？

ゴボウ

　こちらは息子　貧しくて

ランスロット

　貧しいのとは　これ違う

　仕えてるのは　金持ちユダヤ

　御用ってのは　しかと親父が　申します

ゴボウ

この息子　流行り病に　冒されて

ランスロット

実際に　とどのつまりが

主人とは　ユダヤ人

でも望み　少しあるかと

親父　詳しく　申します

ゴボウ

旦那の前で　ご無礼と

しかし正直　申します

息子と主人　仲たがい

ランスロット

長い話を　短くし　申します

このユダヤ　俺を粗雑に　扱って

その顛末を　親父さん

今から　そろりと　申します

ゴボウ

鳩の料理を　持参した

どうかお収め　くだせえな

それはそれ　わしの願いは

ランスロット

とどのつまりは　我が願い

そのご無礼は　正直者の　老人が

申し上げると　存じます

60

付け加えます　これは老人　貧乏人で
なんで隠そう　我が親父

バッサニオ

二人で　しゃべるの　やめてくれ
いったい望み　何^{なん}なんだ？

ランスロット

雇ってほしい　それだけで

ゴボウ

それがそれ　言い残しての　不足分

バッサニオ

おまえのことは　知っている
願いはすぐに　聞いてやる
シャイロック　お前の主人　言っていた
お前のことが　お気に入り
金持ちユダヤ　抜け出して
僕はと言えば　貧乏紳士
そこの従者で　いいんだね

ランスロット

諺^{ことわざ}語る
シャイロック　VS^{たい}　あなたさま
その違いとは
シャイロック　持つは富
神の御心^{みこころ}　持つあなた

バッサニオ

なかなか　うまい　ことを言う
親父さん　息子のそばに　いてあげて
古い主人の　もとを去り
僕の家へと　訪ね来い
（従者に）そろいの服を　この人に
あてがってやれ　ましなもの
あとは頼んだ　任せたぞ

ランスロット

親父さん　入っておくれ　ここなんだ
仕事の口を　見つけるなんて
そんな芸当　一人じゃできん
さてさてと（手相を見る）聖書はここに
この手を載せて　誓います
俺さまは　幸運寄せる　手相筋
イタリア中に　いないだろ
真っすぐに　生命線が　伸びている
ここのちっちゃな　線が言う
女運<ruby>おんなうん</ruby>には　恵まれて
何てこと！　女房<ruby>にょうぼ</ruby>の数が　十五人！
十一人の　後家さんと　小娘九人<ruby>くにん</ruby>
これじゃちっとも　自慢にならん
フーテン男　ランスロット

そう発しても[16]　ふがいない

しがない実入り　我慢する

そんな身なのに　水難三度(みたび)

加えては　寝床の布団　ひっかけて

転んでしまう　奇難遭難

だが幸運が　マドンナならば

準備万端　もってこい

さあ行こう　親父さん

さっさとユダヤ　後にする

（ランスロット　老人ゴボウ　退場）

バッサニオ

頼んだよ　レオナルド

これをよく見て　リストの品を

買いそろえるか　しないかを

よく見極めて　取り揃え

急いで戻り　準備を頼む

今宵やる　晩餐会は　豪華だし

僕の大事な　お客たち

さあさ急いで　帰るんだ

レオナルド

16　映画「男はつらいよ」のフーテンの寅こと車寅次郎の台詞。

ここに書かれた　事柄を
言いつけ通りに　やりましょう

（グラシアノ　登場）

グラシアノ
　君の主人は　どこにいる？
レオナルド
　あちらの方を　歩いてられる

（レオナルド　退場）

グラシアノ
　バッサニオさん！
バッサニオ
　グラシアノ！
グラシアノ
　折からあなたに　頼みごと
バッサニオ
　いいよ　何でも　受けるから
グラシアノ
　断らないで　お願いだ
　僕も一緒に　ベルモント
　行かねばならぬ　ことになり

バッサニオ

　どうしてもなら　来ればいい

　でも聞いてくれ　グラシアノ

　君はワイルド　度を越して

　ズケズケと　ものを言う

　愉快な長所　僕らの目には

　なにも落ち度じゃ　ないけれど

　君を知らない　人たちに

　自由奔放　過ぎている

　冷水を　弾む心に　少しかけ

　気持ち抑えて　くれないか

　さもないと　僕のそばでの　振る舞いで

　僕が誤解を　免れぬ

　そうなれば　僕の希望が　絶望に

グラシアノ

　バッサニオさん　聞いてくれ

　僕に　不真面目　軽率やめて

　粗雑な言葉　話すなと

　言ってくれれば　控えます

　ポケットに　祈祷書隠し

　知らない素振り　すまし顔

　感謝の祈り　食事どき

　僕の帽子で　目を隠し

　ため息　交じり　「アーメン」と

すべての礼儀　守りぬき

悲しさ誇る　学者風

老婦人さえ　寄せつけぬ

それができない　ようならば

僕の信用　ゼロになる

バッサニオ

その信用を　今宵こそ　見せてくれ

グラシアノ

いやちょっと　今夜のことは　ご勘弁

バッサニオ

それは酷だな　確かにそうだ

僕の方から　頼むから

大胆で　愉快な服を　着てほしい

今宵の集い　目的は

陽気な騒ぎ　バカ騒ぎ

それまで少し　お別れだ

欠かせぬ　用事　あるからね

グラシアノ

僕のほう　ロレンゾーたちに　会いに行く

夕食どきに　再会で

（二人　退場）

第 3 場

_____
ヴェニス　シャイロックの家の部屋

（ジェシカ　ランスロット　登場）

ジェシカ

　　悲しいわ　あなたやっぱり　出ていくの？
　　父さんと　私を見捨て　出ていくの？
　　我が家は地獄　でもあなた　陽気なデビル
　　嫌な空気を　追い払い
　　綺麗にしてて　くれたわね
　　これでとうとう　お別れね
　　ここにあるのは　一ダカット
　　取っておいてね　お願いよ
　　それに　もうすぐ　夕食ね
　　あんたの家の　ご主人に
　　父さんは　来賓として　呼ばれてる
　　この手紙　ロレンゾー宛よ
　　渡しておいて　こっそりと
　　それじゃ　お別れ　いつかまた
　　父さんに　見られたくない
　　こんなにしてる　内緒の話

ランスロット

さようなら　涙が俺の　言葉のすべて
麗しく　とても素敵な　ユダヤ人
クリスチャンらが　ちょっかい出して
あんたの姿　つくったか
でも　さようなら！　お元気で！
こんな愚かな　涙雨　それに溺れりゃ
フーテンの　男の意地が　廃りやす
さようなら！　お達者で！

　　　　　（退場）

ジェシカ

さようなら　心優しい　ランスロット
ああ何て　罪深いのか　私の身
同じ血筋で　父親恥じて　いるなんて
血は同じでも　マナーが違う
ただ一人　ロレンゾーさま
お約束　お守りあれば
この狭間　一気に跳んで　クリスチャン
そして　あなたの　妻になる

　　　　　（退場）

第4場

ヴェニス　路上

（グラシアノ　ロレンゾー　サレイリオ
　　ソレイニオ登場）

ロレンゾー

いやだめだ　食事の折りに　会場を
こっそり抜けて　出てこいよ
僕のところで　仮装して
戻ってくるに　一時間

グラシアノ

十分な　準備ができて　ないのでは？

サレイリオ

トーチを誰が　持つかさえ　決めてはいない

ソレイニオ

趣向凝らして　やらないと
意味がないから　やめようよ

ロレンゾー

まだ四時だ　あと二時間も　あるからは
準備はできる　だいじょうぶ

（手紙を持って　ランスロット　登場）

やあこれは　ランスロット
なにか知らせが　あるのかい？

ランスロット

封をお切りに　なればすぐ
誰から来たか　お分かりで

ロレンゾー

誰からなのか　もう分かる
ほんとうに　筆跡きれい
白紙より　まだそれ白い
その手で書いた　字だからな

グラシアノ

ラブレターだと　書いてある

ランスロット

それじゃ　おいらは　行きますからね

ロレンゾー

お前はどこに　行くのかい？

ランスロット

実のとこ　昔の旦那　お誘いに
新らしい　旦那さまから　ご招待
クリスチャンらの　お食事に
お越しください　声かける

ロレンゾー

ちょっと待て　これをやるから

ジェシカには　我が伝言を　伝えておくれ
「うまくやるから　心配いらぬ」
ただそれだけで　いいからな

　　　（ランスロット　退場）

さあみんな　今宵のマスク　準備だぞ
トーチ持つ者　手配する
僕の指図で　うまくいく
サレイリオ
僕もすぐ　準備にかかる　いそいそと
ソレイニオ
僕もそうする　今すぐに
ロレンゾー
僕がいるのは　グラシアノ宅
一時間先　落ち合おう
サレイリオ
そうすることに　決定だ

　　　（サレイリオ　ソレイニオ　退場）

グラシアノ
あの手紙　君が恋する　ジェシカから？
ロレンゾー

君にはすべて　打ち明ける
ジェシカより　家から逃げる　計画の
その段取りの　知らせだよ
金<ruby>きん</ruby>や宝石　身に着けて
従者の服を　着て逃げる
ユダヤ人　その父親が　天国に
迎えられたら　ジェシカのおかげ
彼女が歩む　ところには
不幸の影は　落ちはせぬ
異教徒の　ユダヤの娘
そんな理由で　自分で影を　作らぬ限り
さあ行こう　一緒に歩く　その間<ruby>あいだ</ruby>
読んでおいては　くれないか
素敵なジェシカ　トーチ持ち

　　　　（二人　退場）

第5場

ヴェニス　シャイロックの家の前

　　　（シャイロック　ランスロット　登場）

シャイロック

おまえには　きっと分かると　思ってる
年老いた　このシャイロック
バッサニオとの　その違い
裁いてくれる　おまえの目
おい　ジェシカ！……
今まで通り　たらふく食うは　できないぞ
おい　ジェシカ！……
いびきをかいて　眠ること
服をひっかけ　破ること　両方できん……
おい　ジェシカ！　どこにいるんだ？　どこなんだ！

ランスロット

おい　ジェシカ！

シャイロック

誰がお前に　呼んでと　言った？
おまえになんか　呼んでもらうは　嫌なこと

ランスロット

でも旦那　小言をいつも　おっしゃった
「おまえはわしが　言わないと
何もしない」と　おっしゃった

（ジェシカ　登場）

ジェシカ

お呼びになって？　何の用？

シャイロック

夕食に　招待された　これが鍵
だがなぜ無理に　行かねばならぬ？
呼ばれた訳は　好意でないの
へつらってるの　見え見えだ
それを承知で　わしは行く
行くのは　憎さ　それだけだ
贅沢に酔う　クリスチャン
そいつらを　何とか潰す　食い潰す
留守番は　娘のジェシカ　任せたぞ
ちっとも行く気　起こらない
留守の間に　悪だくみ　くすぶっている
そんな悪夢を　昨日見た
財布の夢だ　凶と出た？

ランスロット

どうかなんとか　お願げえだ
若旦那　来賓来るの　待ってるだ

シャイロック

来賓なんて　柄じゃない

ランスロット

みんなが立てた　計画は
何も旦那の　ためでなし

17　当時のイギリスでは不吉な夢。

マスク[18]となれば　気の毒だ

俺の目にゃ　毒にさえも　ならねえよ

復活祭の　去年には

月曜日での　不吉な朝に

鼻血ブハッと　吹き出すし　時刻は六時

聖灰の　水曜日でね　四年前

その日の午後と　いうわけで

シャイロック

なんだって？　仮面被(かぶ)りの　舞踏会？

おいジェシカ　戸口しっかり　鍵をかけ

太鼓の音が　しようとも

首の曲がった　横笛[19]の

不吉な音が　聞こえても

窓に登って　見てはならんぞ　乱痴気騒ぎ

公道に　首を出しても　いけないぞ

顔々を　塗りたくってる　クリスチャン

バカ者どもを　眺めるなんぞ　してならぬ

家の耳　即ち窓を　ピタリと閉じて

惑(まど)うでないぞ　狂った騒ぎ

神聖な　我が家の中に

浮かれ調子の　笛の音(ね)を

入れてはならん　絶対に

18　仮装舞踏会。

19　バグパイプ。

ヤコブの杖の　お告げかな
今夜の宴（うたげ）　意に沿わん
しかたないから　行ってみる
お前は先に　行っとくれ
すぐに参ると　言っとくれ

ランスロット

ではでは　先に……
お嬢さん　窓から見ると　楽しいよ
構うことなど　ありゃしねえ
通りを通る　クリスチャン
ユダヤ娘にゃ　目の保養

（ランスロット　退場）

シャイロック

できそこないの　あの男
今なんと　言ったのだ？

ジェシカ

お嬢さん　さようなら　それだけよ

シャイロック

あの馬鹿は　心根（こころね）いいが
大飯食らい　働きぶりはカタツムリ
昼寝となると　山猫も
驚くほどに　寝てばかり

なまくらな奴　置いてはおけん
財布の中身　借金だらけ
減らす速度を　速めるために
バッサニオへと　くれてやる
さあさあジェシカ　入りなさいな　家（うち）の中
すぐに戻って　くるからな
言った通りに　戸締りを
「しっかりやれば　しっかり貯まる」
倹約人（びと）の　心得るべき　諺（ことわざ）だ

　　　　（退場）

ジェシカ

さようなら　私の行く手に　支障がなけりゃ
私は父を　父は私を　失くすのね

　　　　（退場）

ヴェニス　シャイロックの家の前

（グラシアノ　サレイリオ　仮装して登場）

グラシアノ

　ロレンゾーが　待ち合わせにと

　指定した　テラスハウスは　ここなんだ

サレイリオ

　約束の　時間はすでに　過ぎている

グラシアノ

　あの男には　珍しい

　恋人たちは　普通なら

　時計の針より　足速い

サレイリオ

　新しい恋　結ぶためなら　ヴィーナスの

　鳩は飛ぶ飛ぶ　十倍速い

　ところがだ　結ばれた後は　愛持続

　そのためとなりゃ　十倍遅い

グラシアノ

　すべてのことに　当てはまる

　ごちそうに　ありついて

　座った時の　わくわく感も

比べてみれば　分かること
食べ終わり　立った時には　消えている
馬でも同じ　行きはよいよい　帰りはつらい
長い道のり　行き帰り
世間のことは　すべてそう
手に入れようと　する時は
精を出すけど　その逆に
自分のものに　なったが最後
それで精など　出ずじまい
故郷の港　出て行く船を　見てみれば
放蕩息子　そっくりで
風を受け　帆を張る船に　夢託す
ところがだ　帰りの船を　見ればいい
あばずれ風<rb>かぜ</rb>に　纏<rb>まと</rb>いつかれて　ほだされて
帆はボロボロと　見る影もなし
放蕩息子　そっくりで
乞食姿の　スッテケテン

サレイリオ

やっと来た　ロレンゾーが
話はあとで　することに

（ロレンゾー　登場）

ロレンゾー

待たせてしまい　すまないな
待たせた理由　僕じゃないんだ　例の件(けん)
君たちが　いつか女を　盗み出す
そんな時には　僕もまた
待ってやるから　今ぐらい
さあ来てくれよ　ここなんだ
親父　ユダヤの　家なんだ……
おーいおい　誰かいるのか　家の中？

　(ジェシカ　窓辺に登場　少年の服装である)

ジェシカ

　どなたなの？　それを言っては　くれません？
　心配で　声さえ聞けば　分かるから

ロレンゾー

　君の恋人　ロレンゾー！

ジェシカ

　ロレンゾー！　確かに私　愛してる！
　本当よ　だってそうでしょ　こんなにも
　好きな人など　いないわよ
　知っているのは　ロレンゾー一人
　あなたのものよ　私はね

ロレンゾー

　君の言うこと　神様と

君の心が　証人だ

ジェシカ

さあ受け取って　この箱を
努力の甲斐は　あったわよ
夜のおかげで　助かった
はっきり見えず　ほっとする
こんな姿は　恥ずかしい
恋は盲目　恋する二人
先はなんにも　見えないわ
自分らの　していることも　見えないわ
馬鹿げたことも　見えたなら
赤面するわ　キューピット
こんな姿の　男の私

ロレンゾー

さあさ急いで　降りてきて
トーチ担<ruby>担<rt>かつ</rt></ruby>ぎに　君はなる

ジェシカ

えっ何て？　恥ずかしいこと　そんなこと？
この姿　あからさまにと　おっしゃるの？
今の姿は　見えすぎる
そう思ってて　恥ずかしい
トーチの役は　見せるのね？
隠れられない　この私
酷なことじゃ　ありません？

ロレンゾー

隠れているよ　男姿に　女の身

可愛い君は　君のまま

そんなことより　早くして

人目を忍ぶ　夜の闇

あっという間に　消えてゆく

バッサニオ　待っているのは　宴会だ

ジェシカ

それじゃ戸締り　すぐにして

お金をすこし　身に着けて

すぐにそちらに　参ります

グラシアノ

賭けてもいいよ　ユダヤの娘には　上出来だ

ロレンゾー

誰がどうこう　言おうとも

僕は彼女が　好きなんだ

まずは知的だ　狂いはないさ　僕の目に

美人ときてる　見て分かる

そこに誠意が　にじみ出る

すでにこのこと　証明済みだ

彼女は知的　美人で誠意　あり余る

ああジェシカ　僕の心の綾錦！

（ジェシカ　登場）

それでは行こう　みんなの所
マスクの仲間　お待ちかね

（ジェシカ　サレイリオ　ロレンゾー　退場）

（アントニオ　登場）

アントニオ

　誰なんだ？　そこにいるのは　誰なんだ？

グラシアノ

　アントニオさん？

アントニオ

　困った奴だ　グラシアノ
　他の連中は　どこにいる？
　もう九時だ　みんなが君を　待っている
　今宵のマスク　中止になった
　風の向き　変わったことで
　バッサニオ　今にもすぐに　船出する
　君を探しに　もうすでに
　使者を何人　送ったか！

グラシアノ

　それは嬉しい　知らせです
　船出が今夜　できるとは

こんなめでたい　ことはない

（二人　退場）

ベルモント　ポーシャの館の一室

（コルネットの演奏　ポーシャ　モロッコ王
　　従者　登場）

ポーシャ

　カーテン開けて　この三つ
　高貴な小箱　お見せして
　さあどうぞ　ご自由に
　お選びなさって　くださいね

モロッコ王

　まず最初　金の小箱だ　銘がある
　「我を選びし　者ならば
　この世にて　多くの者が　望むもの
　それが汝の　ものとなる」
　次は銀だな　ここに約束　書かれてる
　「我を選べば　その者は
　汝に見合う　ものを手に」

84

三つ目は　鈍い色だな　鉛箱
警告めいた　言葉にも
そっけないのが　気にかかる
「我を選ぶと　決めたなら
与えることが　必須なり
汝のものを　すべて皆」
この私　正しい箱を　選んだか
それはどうして　分かるのか？

ポーシャ

三つのうちの　一つには
私の絵　私の姿　入っています
正しく選び　終えたなら
私のすべて　あなたのものに

モロッコ王

どうか神様　お導き
よろしく願い　申します
もう一度　戻って銘を　読んでみる
何とそれ　書いてあったか　鉛箱
「我を選ぶと　決めたなら
与えることが　必須なり
汝のものを　すべて皆」
与えることが　必須なり？
いったいそれは　何のため？
鉛のために？　鉛のために　危険を冒し

思い切りよく　与えると？
脅し文句に　違いない
すべて皆　与えるのには
それなりの　見返りがあり　できること
黄金の　心がすぐに
クズ鉄に　平伏できる　わけがない
言い替えるなら　この私
鉛求めて　すべて皆
与えるなんぞ　できないぞ
純潔の　色合い深し　銀小箱
「われを選べば　その者は
汝に見合う　ものを手に」
汝に見合う　ものとは何か？
少し待つのだ　モロッコ王
冷静に　自分の価値を　測ってみよう
世間のみんな　思うはず
なんの不足も　ないはずと
果たして我が　「見合う」のか？
この女性には　「見合う」のか？
しかし何より　見合うかどうかの　気遣いが
わが身を蔑す　弱気の印し
自分に見合う　あたりまえ
見合う女性は　この人一人
私の生まれ　財力も

品位や育ち　すべて良し
いやそれに増し　我が愛こそが　相応（ふさわ）しい
迷うことなど　何もない
でもここで？　選んでしまう？
もう一度　金の小箱を　見てみよう
「我を選びし　者ならば
この世にて　多くの者が　望むもの
それが汝の　ものとなる」
なるほど　これが　その女性
世界中から　やってくる
彼女を求め　やってくる
この聖堂に　生きる聖者に　口づけと
ヒルカニア[20]での　砂漠とて
広大な　アラビア荒れ地　ものともせずに
美人のポーシャ　ひと目見ようと
越えてくるのは　王子たち
天に唾する　野心に満ちた
海上の　王国さえも
ポーシャ目当ての　冒険者らを
阻（はば）む関所に　なりはせぬ
あたかも小川　跨（また）ぐつもりで　やってくる
三つの小箱　そのうち一つ

20　カスピ海から東南に広がる荒涼とした土地。

密かに抱く　神聖な

ポーシャの姿　肖像画

こんな鉛の　中にそれ？

思っただけで　罰当たり

暗い墓　そこへの棺

死体を包む　蝋の布

粗末すぎるし　ひどすぎる

銀の小箱に　秘められし物　何なのか？

純金の　値打ちのたかが　1/10

思うだけでも　おぞましい

これほどに　光輝く宝石が

黄金じゃない　輪の中で

輝くことは　ないだろう

イギリスに　天使姿の　金貨あり

表にあるの　浮彫だけだ

今この中に　その天使

金のベッドに　横たえて

じっとその時　待っている

さあ鍵を！　これを選んで　運任せ！

ポーシャ

ではどうぞ　もしその中に

私の姿　あったなら

あなたのものに　なる私

（モロッコ王は金の小箱を開ける）

モロッコ王

何てこと！　何が出てきた？　これは何？
朽ち果てた　髑髏じゃないか　虚ろな目
その中に　巻物がある　読んでみる

　　　輝くものは　金であるとは　限らない
　　　外面に　魅せられて　多くの者は　命枯れ
　　　黄金の墓　その中は
　　　ウジ虫の巣で　あると知れ
　　　勇者の汝　賢明で　若き体に　故老の知恵が
　　　あったなら　こんな答えは　出しはせぬ
　　　去れよ　散れ　汝の願い　失せし故

失せたりか　骨折り損の　くたびれ儲け
それでは　熱よ　おさらばだ
今日からは　凍えた霜の　到来だ
ポーシャさま　これでお別れ　いたします
心に受けた　傷深く
ゆっくりしてる　暇はない
敗者はこれで　去って行く

（従者を従えて退場　コルネットの音が響く）

ポーシャ

　これでひとまず　厄介払い　カーテンお閉め
　ああいう肌の　人は皆
　こんな選びを　してほしい

　（全員　退場）

第8場

ヴェニス　路上

　（サレイリオ　ソレイニオ　登場）

サレイリオ

　おい　君ら　バッサニオ
　船出したのを　見たんだぞ
　グラシアノ　乗っていた
　ロレンゾーは　確かそこには　いなかった

ソレイニオ

　ユダヤ人　大声上げて　公爵を
　無理やり起こし　大騒ぎ
　それで　公爵　一緒になって
　バッサニオ乗る　船捜し

サレイリオ

それは遅すぎ　船はとっくに　出てしまい

そこに知らせが　届いたが

ロレンゾーと　恋人ジェシカ　ゴンドラで

一緒にいるの　目撃されて

アントニオ　釈明するは

乗ってはいない　この二人

バッサニオとは　別行動

ソレイニオ

あんなにも　取り乱しては　腹を立て

変てこで　前代未聞

凶暴で　話の筋は　ムチャクチャで

路地裏で　吠えまくる

犬よりひどい　剣幕で

娘だ娘！　わしの金！　わしの娘が！

クリスチャンらと　逃げやがる

ああわしの　キリスト・ダカット！　どこへ行く！

正義はどこだ！　法はどこ！

わしの娘を！　ダカットを！　封したバッグ！

ダカット入りの　封した二つ　金（かね）カバン

娘によって　奪われた

わしの二倍の　金（かね）ダカット

それに宝石！　宝石二つ

高価で大事　宝石二つ　盗まれた！

正義の刃　娘の首に！
何が何でも　捜し出す！
我が娘　泥棒娘　持っている
宝石も！　ダカットも！

サレイリオ

そうなんだ　ヴェニスの子供
そろいそろって　後(あと)につき、
宝石だ！　小娘だ！　ダカット！と
叫びまわって　ふざけてる

ソレイニオ

こうなると　気がかりなのは　アントニオ
例の期日を　守らねば
遭うかもしれん　災難に

サレイリオ

そうだそれ　思い出したぞ
フランス人と　出会った昨日
男が言った　ことなんだ
フランスと　イギリス隔(へだ)つ　海峡で
荷物満載　イタリア船が
難破したぞと　いう話
これを聞き　心に浮かぶ　アントニオ
彼の船では　ないこと祈る

ソレイニオ

その話　アントニオには　しておけよ

でも突然に　切り出すな
きっと心を　痛めるぞ

サレイリオ

こんな世に　あんないい人　珍しい
バッサニオ　アントニオとの　別れ際
用が終われば　すぐにでも
帰って来ると　言ったのだ
アントニオ　それに答えて　言ったのは
「そんなに急ぐ　ことはない
僕のためなら　肝心の事
疎かになど　してならぬ
機が熟すのを　待てばいい
証文のこと　恋の旅路で　忘れることだ
向こうに着けば　快闊に
相手の心　捉えることだ
心をこめて　ただ一つ
君にベストの　表現で！」
彼の目に　そのとき涙　あふれ来て
顔をそむけて　片手後ろに　差し出して
バッサニオの手を　握り締め
それで別れと　なったんだ

ソレイニオ

あの人の　頭の中は　バッサニオだけ
それはともかく　捜しに行こう　アントニオ

重い心を　楽しいことで
　　少しは軽く　してやろう
サレイリオ
　　それはいい　そうしよう

　　　　（二人　退場）

ベルモント　ポーシャの館の一室

　　　　（ネリッサ　召使　登場）

ネリッサ
　　早く　お願い　カーテン開けて
　　アラゴン王子　宣誓終えて　今すぐに
　　来られます　箱選び

　　　　（コルネットのファンファーレ　アラゴン
　　　　王子　ポーシャ　従者　登場）

ポーシャ
　　ご覧ください　三つの小箱
　　箱の一つに　私の姿

94

箱を正しく　お選びあれば

準備整え　すぐ挙式

しくじられると　何も語らず　すぐにでも

ここから退去　願います

アラゴン王子

条件三つ　誓った通り　守ります

第一番目　箱のどれ

選んだのかは　他言は無用

二番目は　箱選び　失敗すれば

もう二度と　プロポーズなど　しないこと

最後のものは　不運にも

失敗すれば　直ちにここを　退去する

ポーシャ

条件三つ　私のために

懸けようと　なさる方　それぞれに

守りくださる　お約束

アラゴン王子

むろん　覚悟は　できている

今は望みを　叶えよと

運を当てにと　する所存

金銀そして　卑しい鉛

「我を選ぶと　決めたなら

与えることが　必須なり

汝のものを　すべて皆」

汝のものを　すべて皆
そんなことなど　言うのなら
鉛でなくて　もう少し
まともな色で　言ってくれ
金の小箱は　どうだろう？　何だって？
「我を選びし　者ならば
この世にて　多くの者が　望むもの
それが汝の　ものとなる」
この世にて　多くの者が　望むもの？
「多くの者」は　大衆だ
ただそれだけを　意味するものだ
外見だけで　もの選びして
何一つ　知ろうとしない　連中だ
物事深く　極める気
そんな気持ちは　てんでない
「内なるもの」を　見ないから
空飛ぶ燕 <ruby>燕<rt>つばめ</rt></ruby>　同様に
嵐の日　壁の外側　巣をつくる
災難が　降りかかる　所にだ
私には　付和雷同など　する気なし
無知蒙昧 <ruby>蒙昧<rt>もうまい</rt></ruby>に　列しない
さていよいよと　銀小箱
どんな銘かを　告げてくれ
「我を選べば　その者は

96

汝に見合う　ものを手に」
良くできている　的を射て
書かれたことは　その通り
運命を　欺き　徳の　心なく
何の値打ちも　ない者が
威張り散らすは　これ同じ
身分　地位　官職などが
腐敗まみれで　受け継がれてる
こんなことなど　あってはならぬ
名誉など　人の値打ちに　よってのみ
得られるものと　心得よ
こうなれば　無帽の者の　中からも
帽子を被る　者が出て
命令してる　人間が
命令受ける　ことになる
名誉ある　本物の種（たね）　その間から
とても多くの　下衆（げす）根性の　種が皆
きれいさっぱり　除去される
もみ殻（がら）や　屑（くず）に埋もれた　ものの中
立派な人が　ふるいにかかり　生き残り
さらに磨きを　かけられる
そうなってくれ　今の世が
さてこれで　私の箱を　選びます
「我を選べば　その者は

汝に見合う　ものを手に」
私には　ふさわしいもの　いただこう
鍵をください　今すぐここで
運命の　扉を開く　ことにする

　　　　（アラゴン王子は銀の小箱を開ける）

ポーシャ

　考えあぐね　得た結果
　ご覧の通り　この様ね

アラゴン王子

　何だこれ！　ウィンクしてる　道化の絵
　何か文書を　差し出している
　早速　読んで　みるとする
　道化とポーシャ　大違い！
　私の望みと　結果も違う！
　「我を選べば　その者は
　汝に見合う　ものを手に」
　私の価値は　道化姿と　同等か？
　それが私に　見合うもの？
　私の価値は　これだけで？

ポーシャ

　犯人と　判事では
　立場が違い　真逆の種類

アラゴン王子

　ここには何と　書かれてる？

　　　この小箱　七度火で　鍛えたり
　　　思慮も七度は　鍛えしあとに
　　　真の叡知と　なりにけり
　　　そしてこそ　正しく選ぶ　ことできる
　　　この世には　影にキスする　輩あり
　　　そこにあるのは　虚ろな恵み　それだけだ
　　　銀で覆った　この姿
　　　道化の容姿　映すのみ
　　　どんな花嫁　迎えよと
　　　汝の頭　我に似る
　　　さあここを去れ　これで終わりだ
　　　フィナーレだ

　ここに長居を　したのなら
　もっと道化に　見えるはず
　道化一つの　頭で来　二つ頭で　帰りゆく
　これで　お別れ　さようなら
　誓いは守り　辛い思いも　耐えましょう

　　　　（アラゴン王子　従者　退場）

ポーシャ

　ロウソクの火に　飛び込んで

　焼けてしまった　夏の虫

　ああみんな　揃いもそろい　お馬鹿さん

　働く知恵が　働きすぎて　その知恵で

　選び損ねて　身の破滅

ネリッサ

　昔の人の　言い伝え

　そこに間違い　ありません

　「首吊りと　妻帯するは　運命しだい」

ポーシャ

　もうカーテンは　閉めていい

　　　　（召使　登場）

召使

　どこにおいでで？　お嬢さま

ポーシャ

　ここにいるわよ　何の用？

召使

　お嬢さま　ヴェニスから

　一人の若い　人ですが

　馬でお着きに　なりまして

　一足先に　ご連絡

ご主人は　すぐあとに
参られしこと　お取次ぎ
その印しにと　おっしゃって
ご丁重なる　ご挨拶
それだけでなく　たいそうに
高価な品を　贈り物
それとは別に　愛の使者
あれほどに　相応しい方　初めてで
贅沢な夏　到来すぐと
告げる四月の　春の日の
甘い香りも　これほどの
愛の使者には　なりえない

ポーシャ

もう沢山よ　ほどほどで
言いすぎるとね　「誰かあなたの　親戚なの？」と
言いかねないわ　その語調
よくもそれほど　知恵集め　誉めちぎるわね
さあさネリッサ　おいでなさいな
キューピット　そんな立派な　使者ならば
見てみましょうよ　一緒にね

ネリッサ

バッサニオさま　愛の神様　あの方であれ！

（全員　退場）

［第3幕］

第1場

ヴェニス　路上

（ソレイニオ　サレイリオ　登場）

ソレイニオ

　やあ　リアルトで

　なにかニュースは　あるのかい？

サレイリオ

　それがだな　まだあの噂　持ちきりだ

　積み荷満載　アントニオ船

　海峡で　難破した　その話

　場所のこと　グドウィンズ　そんな名だ

　危険な浅瀬　多くの巨船　沈んでる

　噂話が　正直者の　女から

　出ているという　前提で　聞いてくれ

ソレイニオ

　その話　生姜かじって

　三度亭主に　先立たれ

嘘の涙で　隣人ホロリ
そんな類いの　ゴシップならば　いいのだが
くだらない　世間話と
別口で　言うのだが
善良で　正直者の　アントニオ
適当な　言葉が今は　見当たらぬ

サレアリオ

そんなところで　終止符で

ソレイニオ

それはいったい　何のこと？
終止符っての　船を一艘　無くしたな

サレアリオ

ああ　彼の　損失は
それだけで　おしまいに

ソレイニオ

いま「アーメン」と　言わせてもらう
悪魔に邪魔は　されたくないが
ユダヤ姿で　悪魔来た

　　　　（シャイロック　登場）

やあ　シャイロック！
商人たちに　何か驚く　ニュースでも？

シャイロック

君たちが　知ってるはずだ　一番に
我が娘　その失踪の　事件のことだ

サレイリオ

それはほんとに　実話だよ
駆け落ちのため　娘に翼（つばさ）
作ってやった　仕立て屋を
知ってるよ　この僕は

ソレイニオ

シャイロック　おまえでも　知ってるはずだ
小鳥に羽（はね）が　生えそろう
羽（はね）が生えれば　飛んでいく
当然のこと　分かるだろう

シャイロック

はねっかえりの　裏切り娘

サレイリオ

それはとっても　ごもっとも
悪魔が裁く　裁判ならば

シャイロック

反乱起こす　自分の血肉

ソレイニオ

呆れた奴だ　この爺（じじい）
いい年で　まだ血や肉が　躍るのか

シャイロック

自分の娘　我が血肉

ただそう言った　だけのこと

サレイリオ

お前の肉と　彼女のと

天地の差ほど　大違い

黒玉と　象牙以上の　違いあり

血だけ言っても　赤ワイン　白ワイン

それ以上ある　違いだよ　でも言ってくれ

あんたは聞いた？　聞いてない？

アントニオ　海で損した　話だが

シャイロック

それよそれ　また来た不運

破産に加え　放蕩事件

リアルトに　顔出しするの　恥ずかしい

乞食野郎の　なれの果て

こないだまでは　めかしこみ　市場に出たが

あの証文を　忘れるな！

わしに出会うと　必ず奴は

高利貸しとぞ　ぬかしおる

あの証文を　忘れるな！

慈善の心　クリスチャン　そう言って

無利子でしてる　貸し付けだ

あの証文を　忘れるな！

サレイリオ

だがちょっと　違約したから　彼の肉

切り取るなんて　誰がする
そんなことして　何になる？

シャイロック

魚釣る時　エサになる
エサにも何も　ならなくて
何の用途も　ないとして
わしの遺恨の　エサにだけ
なってもらえば　それでいい
わしに恥辱を　味わわせ
五十万　ダカットの
儲けはみんな　邪魔された
損をすりゃ　笑いやがるし
得をすりゃ　あざ笑う
わしら民族　こけにして
商売の　邪魔に入るし
友情に　水を差す
敵意には　油を注ぐ
どうして　そんな　ことをする
訳が知りたい　ものですな
わしがその　ユダヤ人
ただそのための　迫害か！
ユダヤ人には　眼がないとでも？
ユダヤ人には　手がないとでも？
臓器なし？　五体なし？

106

感覚もない？　感情も？
それにだな　喜怒哀楽が
ないとでも　思うのか！
同じ食べ物　同じく食べる
同じ武器だと　負傷するのも　同じこと
同じ病に　伏せる時
同じ治療で　治るんだ
冬は寒いし　夏暑い
どこが違うと　言うのだい！
クリスチャンらと　ユダヤ人
針で突かれりゃ　血を流す
くすぐられれば　有難や[21]
毒をもられりゃ　あの世行き[22]
権利侵害　されたなら
それに対抗　いたします
他のことが　一緒なら
これも同じで　あるはずだ
もしユダヤ人　クリスチャンをば　侮辱すりゃ
彼らはいかに　ふるまうか？
人間性は　どうなろう？
復讐だ　復讐以外　何をする！
クリスチャンらが　ユダヤ人

21　守屋浩「有難や節」の歌詞の一節。
22　同上

侮辱すりゃ　どうなろう？
ユダヤ人らは　耐え忍ぶ
じっと我慢で　耐え忍ぶ
同じ例に　従えば
復讐しても　当然だ
あんたらが　教えてくれた　極悪道
ここでしっかり　復習し
ご指導以上　それ以上
やり遂げてやる　やってやる
ユダヤ民族　心意気
やってやるのが　人間道！

（召使　登場）

召使

失礼ながら　私の主人　アントニオ
帰宅しまして　お二人に
是非ご相談　そう申します

サレイリオ

僕たちも　あちらこちらを　探してた

（テュバル　登場）

ソレイニオ

　　また一人　民族仲間　やってきた
　　誰がその次　来ようとも　対抗できぬ
　　悪魔自身が　ユダヤ人にと　化けない限り

　　（ソレイニオ　サレイリオ　召使　退場）

シャイロック

　　やあテュバル　ジェノアから
　　何か知らせが　届いたか？
　　娘発見　できたのか？

テュバル

　　ジェシカがいたと　いうところ
　　行ってみますと　もぬけの殻で

シャイロック

　　ほらほらな！　ダイヤモンドが　消えていく
　　買ったのは　フランクフルト
　　二千ダカット　したものだ
　　こんな呪いが　我が民族に
　　かかったことは　ないはずだ
　　わしには未だ　未体験
　　たった一つで　二千ダカット
　　他の宝石　高価で貴重
　　その宝石を　耳につけ
　　この足元で　くたばっちまえ　あの娘！

ここで棺に　入ってしまい

持ち逃げの　金だけ残し　早く死ね

それで二人の　足取りは

掴めているか　どうなんだ？

何てこと　捜索に

いくらかかると　言うのだい！

これでは損の　上塗りだ

泥棒に　ごっそり持って　行かれた後で

どっさりかかる　泥棒捜し

満足できず　復讐できず

不幸と不幸　ごっつんこ

わしの肩へと　のしかかる

溜め息ならば　わしの息

涙と言えば　流れ出るのは　わしの目だ

テュバル

そうですが　他の人にも　不幸は見舞う

ジェノアでは　私が耳に　したことは

不幸になった　アントニオ

シャイロック

なになに何だ？　不幸だと？　不幸と言った？

テュバル

トリポリスから　帰り船

難破したとの　知らせです

シャイロック

　ありがたい　ありがたいこと　最高だ
　神に感謝だ　本当か？

テュバル

　難破した　船から逃げた　船乗りが
　言ってた話　出どころ確か

シャイロック

　礼を言う　我がテュバル
　吉報だ　良い知らせだぞ　ワッハッハ！
　どこでかな？　その話　ジェノアでか？

テュバル

　娘さん　聞いた話で　一晩に
　八十ダカット　使ったと

シャイロック

　その一言は　短剣だ
　我が胸を　えぐり取る
　もう二度と　大事な金^{かね}が　見られない
　一晩に　八十ダカット？　八十もだと！

テュバル

　ヴェニスへの　帰り道
　幾人か　アントニオには　債権者
　その連中と　連れになり
　彼らが言うに　アントニオ
　破産はどうも　免れぬ

111

シャイロック

　それは嬉しい　知らせだな
　奴を追い詰め　苦しめる
　責め苦の味を　知らしめる
　これは楽しい　ことになる

テュバル

　連中の　一人が見せた　指輪だが
　そいつの猿と　交換したと　いうもので
　それをしたのは　ジェシカさん

シャイロック

　何だって！　おまえはわしを　殺す気か！
　それは大事な　トルコ石
　結婚前に　今は亡き　妻のリアから
　もらったものに　相違ない
　荒れ地の猿を　みな集め　ひっくるめても
　できる交換　などじゃない！

テュバル

　でもアントニオ　確かに破産　しましたよ

シャイロック

　ああそれは　本当だ
　それだけは　真実だ
　テュバルくん　証文の　期日に至る
　二週間前　おまえは行って　役人のとこ
　金を握らせ　言うんだぞ

約束を　違えれば

必ずやると　伝えろよ

奴の心臓　えぐり取る

もし奴が　ヴェニスから　姿を消せば

わしの取引　自由になるぞ

さあ行けテュバル　シナゴーグにて　落ち合うぞ

さあ早く　テュバル行け

シナゴーグだぞ　忘れるな

（二人　退場）

第2場

ベルモント　ポーシャの館の一室

（バッサニオ　ポーシャ　グラシアノ

　ネリッサ　従者　登場）

ポーシャ

お願いよ　どうかお急ぎ　ならぬよう

お選びなさる　その前に

一日二日　お時間を

それというのは　間違われると

すぐにお別れ　待っている

だからしばらく　時間をおいて
何かがそっと　告げるのよ
愛ではなくて　別れたくない　この気持ち
お分かりでしょう　この事は
憎しみならば　こんな助言は　しませんわ
分かってほしい　そう思っても
口に出せない　この思い
私のために　運命の日を
一月か　二月かでも　延ばしたい
その気になれば　どの箱か
お教えするの　簡単よ
でもそれは　誓いを破る　ことになり
それだけは　できません
万が一　あなたが小箱　間違うと
私はきっと　誓いなど
破っておけば　よかったと
罪深く　後悔すると　思います
憎らしいのは　あなたの目
それに魅せられ　私の心　まっ二つ
半分は　私のもので
もう半分は　あなたのものよ
いや違う　私のものと　言いましょう
でも聞いて！　私のものは

114

結局は　あなたのものよ

何もかも　そうなるの

何てひどいの　世の中は

自分のもので　ありながら

自分の権利　奪われて

あなたのものが　あなたのものに　ならないの！

そんな事に　なるのなら

運命の　神様こそが　地獄行き

罪は私に　ありません

しゃべりすぎたわ　ごめんなさいね

時の歩みに　重りをつけて

少しでも　歩み遅らす　手立てして

小箱選びを　先の先へと　延ばしたい

バッサニオ

選ばせたまえ　お願いだ

このままじゃ　拷問台に　載せられて

縛られてるの　同じこと

ポーシャ

拷問台と　おっしゃって？

バッサニオさん　あなたの愛に

どんな謀反が　宿っているの？

明らかにして　自白して

バッサニオ

自白するなど　謀反はなにも　ありません

あるものは　あなたを得ると　いうだけで

叶わぬと　そんな不安の　影ばかり

愛に謀反が　あるのなら

雪と炎も　一身なのだ　同体だ

ポーシャ

でもあなた　拷問台の　お話ね

そんな所に　載せられた人

どんなことでも　話すでしょ

バッサニオ

命ばかりは　お助けを

それならば　本当のこと　話します

ポーシャ

では自白して　生きなさい

バッサニオ

自白と愛が　すべてです

拷問受けて　幸せで

その内容を　決めるのは　獄門吏

思いのままに　言わされる

でも運を　試させて　くれません？

さあ小箱　そこへ案内　願います

ポーシャ

では　あちらへと　参りましょう

どれか一つに　私がいるわ

116

愛を誓って　くださるのなら
必ずそれは　見つかるわ
ネリッサも　他の者も　離れておいで
お選びなさる　間には
音楽を　奏でます
間違われたら　最期迎えた　白鳥よ
音の調べに　消えてゆく
比喩の詩（うた）より　相応（ふさわ）しく
私の目　涙で綴る　小川となって
あの方のため　水の死の床　つくります
でもきっと　成功される　はずですわ
そんな時　どんな音楽　いいかしら
新しい　王冠着けた　王の前
忠実な　家臣が並び　ファンファーレ？
結婚の日の　朝早く　眠る花婿
その枕元　忍び寄り
晴れの式へと　呼び覚ます　甘美な調べ？
しずしずと　箱の方へと　お進みで
トロイの王が　怪獣退治
生贄（いけにえ）の　乙女を救う　大快挙
若き日の　凛々（りり）しい姿　ヘラクレス
その彼に　負けじと　愛を　注ぎ込み
今の私は　生贄のよう

あちらに立つは　トロイにて
娘さらわれ　嘆く母
涙で顔を　濡らしつつ
闘いの　成り行きじっと　見つめてる
早くやってよ　ヘラクレス！
あなたが勝てば　私の勝利
とっても辛い　この不安
勝負を見てる　私のほうが
闘いしてる　人よりも
もっともっと　辛いかも

　　　（歌が流れる　その間にバッサニオは小箱を
　　　　一つずつ読み比べる）

〈歌〉幻想は　どこ育ち？
　　　心の中か　頭の中か？
　　　どうして生まれ　どうして育つ？

全員

答えておくれ　答えてよ

〈歌〉目で生まれ　見てる間に　育つもの
　　　幻想は　瞳の底が　死の床で
　　　弔いの鐘　鳴らします

キン　ギン　カスと！[23]

全員

キン　コン　カンと！

バッサニオ

そうかもしれん　いつの世も

中身と外見（そとみ）　違うもの

人は虚飾に　騙される

法の世界も　同じこと

腐敗まみれの　訴訟でも

言葉巧みに　ごまかして

邪悪な姿　隠される

宗教も　これまた同じ

どんな異端の　説であれ

真面目腐った　エセ神父

褒めて（ほ）　称えて

聖書の言葉　引用し

それに照らして　読まれれば

愚劣さも　虚飾の影に　隠される

23　原作は "Ding dong bell"：「ゴーン　ゴーンと　鐘の音」という意味。バッサニオが鉛の箱を選ぶのは、この歌にヒントがあるとされている。翻訳の先駆者で、鐘の音を「キン　コン　カン」と訳している人がいる。これを拝借させてもらい、「金　銀　カス」と大胆にシャレてみた。これで、バッサニオが「鉛」の小箱を明らかに選びやすくなる。

悪徳に　シンプルなもの　何もない
外面(そとづら)に　美徳のバッジ　飾りたて
臆病者の　心臓は
砂で作った　階段模様
歩かなくても　崩れ去る
男は顎(あご)に　長い髭
ヘラクレス　あるいは怒(いか)る　軍神マルス
内を探って　見てみれば
ミルクのような　肝っ玉
こけ威(おど)しには　短い言葉
女を見ても　分かるはず
美貌でも　量り売り
化粧一つで　世にもまた
不思議な　奇跡　巻き起こる
顔に塗るもの　重さが増せば
増した量だけ　ケバ女
下地の心　軽薄　浮薄
人間の　軽重(けいちょう)が
みるみる軽く　なり果てる
要するに　うわべばかりの　お化粧美人
頭の上で　不埒(ふらち)にも
フラフラ風(フウ)と　戯れる
金髪の　もとを辿(たど)れば
赤の他人の　もらい物

120

もともとあった　その頭

とうの昔に　墓の中

こういう訳で　虚飾とは

人間を　魔界の海へ　誘いだす

偽りの　港なり

黒い肌　インド美人の　スカーフだ

言葉の世界で　言うならば

真実風味で　包（くる）まれて　虚偽や嘘

実（まこと）しやかに　伝わると

賢者でさえも　罠（わな）に陥（おちい）る　こともある

巧妙に　飾られて

できた「虚（きょ）」は「実（じつ）」とは離れ

「皮膜（ひまく）」だけでの　黄金だ

ミダス王[24]　さえ　もてあます

硬い食物　黄金色に　用はない

生白（なまじろ）い　顔をした　卑しい下部（しもべ）

そんなものにも　用はない

鉛のおまえ　貧相で

なにか約束　するよりは

人を嚇（おど）かす　文句を並べ

24　貪欲な王で自分の手に触れるものがすべて黄金となるよう神に祈り、願いが叶った。ところが、食物も黄金に変わってしまい、食べる物がなくなり、飢えに瀕して反省し、願い下げをした。

何の救いも　見られない

飾り気なさが　虚飾より　心打つ

これに決めよう　そうするぞ

良い結果　それをただただ　祈るだけ！

ポーシャ〈傍白〉

疑う気持ち　先走り

絶望感や　恐怖感

緑の目する　嫉妬心

他^{ほか}の悩みも　みんな揃^{そろ}って　消え去った

ああ今は　恋する気持ち　それだけで

恋よ　落ちつき　なさいませ

興奮しては　ダメなのよ

喜びの雨　ほどほどに

度を越すと　いけないわ

今の私は　幸せすぎる

少しずつでも　いいのです

失うことが　怖いのよ！

バッサニオ

何だろう？

（鉛の小箱を開ける）

麗^{うるわ}しの　ポーシャの姿

こんなに真に　迫る絵を

122

描くのは　半分　神の　匠だろぅ

目が動く？

僕の動きに　従って

動いていると　見えるのか？

軽く開いた　唇に

甘い香りが　通り抜け

それほど甘い　息だけが

両唇を　押し開く

この美しい　金髪は

画家が蜘蛛にと　変身し

紡ぎ始めた　金色の網

蜘蛛の巣に　かかるハエより　一足早く

男心を　捕える

謎はまだある　彼女の目

いかにして　画家はこんな絵　描きあげた？

片目を描き　終えた時

画家の両目は　潰れてしまい

そのまま終わる　未完の絵

だが見るがいい　僕の言葉に　嘘はない

この影の　絵姿の美は　冴えわたり

言葉では　表現できぬ　美しさ

この影も　実の姿と　比べると

如実に分かる　雲泥の差が

ここに巻物　あるを見る
これで分かるは　我が運命だ
目指すところと　筋道が

　　　外見で　選ぶことなく
　　　正しく運を　見つけ出す
　　　汝は　真（まこと）　選びし者だ
　　　幸運は　汝のものと　なったのだ
　　　満足し　新たなものを　求めずに
　　　このことに　満足し
　　　その幸せを　無上のものと　するのなら
　　　女性のもとへ　進みゆき
　　　彼女を妻と　するために
　　　愛の口づけ　交わすこと

丁重な　文面だ　畏（おそ）れながらも
お指図通り　いたします　（キスをする）
差し上げるもの　お納めされて
そしてそのあと　迎えます
二人で賞を　競ってる　男の気持ち
こんなものかと　感じます
観客前に　我ながら
でかしたと　思った時に　湧き上がる
歓声に　目もくらみ

歓喜の嵐　我がものか？
茫然と　眺める者に　酷似して
僕の気持ちは　まさにそれ
あなたから　確認を　いただいて
署名をここに　承認を！

ポーシャ

バッサニオさま　私は見ての　通りです
私一人の　ためならば
望むことなど　ありません
あなたのために　二十倍
その三倍も　立派な人に　なりますわ
一千倍も　美しく
一万倍も　金持ちに
なりたいもので　ございます
それもみな　あなたから　軽蔑されず
美のことも　徳にても　財産も
お友達でも　限りなく
尊敬受ける　女性になるの
今の私の　合計は　ほとんど皆無
総合計に　しましても
躾　学問　経験も
何もないのが　私です
幸運に　まだ学ぶのに
それほど年は　とってない

より幸運は　今もなお

学んだことは　覚えられるの　バカじゃなし

一番の　幸福は

素直になって　従うの

何もかも　あなたが主人　支配者で

王さまとして　すべてのことは　お指図のまま

持ち物も　私も含め　一切が　あなたのものよ

今の今まで　この館　私が主<ruby>主<rt>あるじ</rt></ruby>

召使らの　主人です

私自身が　女王でした

今からは　この館　召使　私自身も

私の<ruby>主<rt>ぬし</rt></ruby>の　あなたのもので　ございます

それらのすべてと　この指輪

あなたに捧げ　尽くします

万が一　これを手放し　なさるとか

お失くしになる　誰かにあげる

そんなこと　なさった時は

愛は燃え尽き　その<ruby>証<rt>あかし</rt></ruby>だと

解釈させて　いただくわ

もしそうなれば　黙ってなんか　いませんよ

バッサニオ

お嬢さま　もう何も　言うことなどは　ありません

僕の血管　通る血が

僕の思いを　運びゆく

126

国民に　愛されている　国王が

名演説を　終えたあと

喜びに湧く　群衆の

どよめき起こる　様^{さま}に似て

そんな時　人の口から

漏れる言葉は　入り乱れ

一つひとつに　意味あれど

訳の分からぬ　騒音の渦

喜び湧くの　見て取れる

聞く者に　果たしてそれと　分かるのか

この指輪　僕の指から　離れたら

僕の命は　この身を離れ　消えていく

その時にこそ　はっきり言って　お願いだ

「バッサニオ　他界した」

ネリッサ

奥さまと　旦那さま

私らの　出番です

うまく運ぶと　陰ながら

祈り　見守り　してました

祝福の　言葉を述べる　時がきて

「おめでとう　ございます」

グラシアノ

バッサニオさま　それに優しき

奥さまに　お願いが

二人とも　その喜びを

享受されるの　心のままに

でもまさか　僕の分まで

お取りになると　困ります

お二人が　式を挙げ

誓いを交わす　その時に

僕も一緒に　式を挙げたい　気持です

バッサニオ

喜んで！　誰か相手は　いるのかい？

グラシアノ

その相手　お世話いただき　ありがたい

旦那さまにも　劣らずに

目はせっかちで　ございます

そちらが姫で　こちらは女中

そちら恋する　こちらもすると

悠長に　構えることは

僕の柄には　合いません

旦那さま　奥方さまも

運はひとえに　あの小箱

僕の運も　全く同じ

汗が出るほど　かき口説き

口の中　干上がるほどに　愛の誓いを

やっとのことで　やりまして

まともなことを　やっとこ²⁵で
女心は　締め付けられず
放っておける　わけがない
とにもかくにも　美人の心　捕えまして
愛を勝ち得た　しだいです
条件付きで　ありますが
「旦那さま　お嬢さまを
射止めることが　できたなら」
こういうことで　万事そちらの　運しだい

ポーシャ

今の話は　ホントなの？

ネリッサ

ええ　そうなので　ございます
お嬢さまの　お許しが　あればです

バッサニオ

それなら君も　本気だね

グラシアノ

もちろん本気　ヤル気です

バッサニオ

我らの宴　君らを添えて　華やかに

グラシアノ

一つ賭けては　みませんか

25　ペンチのような大工道具。

どちらのほうに　先に男児が　生まれるか
賭け金は　一千ダカット

ネリッサ

何てこと？　賭け金先に　入れておく？

グラシアノ

入れたりなんか　する気なし
勝ち目はないよ　そんなこと
おや誰か　やってくる
ロレンゾー　異教徒ジェシカ
ヴェニスの友の　サレイリオ

（ロレンゾー　ジェシカ　サレイリオ　登場）

バッサニオ

ロレンゾー　サレイリオ　よく来てくれた
この家の　主人になった　ばかりの僕に
こんな挨拶　する権利　あればなんだが
優しいポーシャ　君の許しを　願いつつ
親友に　述べる言葉　歓迎の
「ようこそ来たね　我が家まで」

ポーシャ

私も添えて　申します
「遠路はるばる　おいでくださり　ありがとう」

ロレンゾー

　こちらこそ　実はお宅に
　寄せていただく　つもりなく
　旅の途中で　出会った男　サレイリオ
　是非にもと　一緒に来いと　せがまれて
　断り切れず　来たしだい
サレイリオ
　そうなんだ　僕が勧めた　ことだけど
　訳があるんだ　それにはね
　アントニオが　よろしくと

　　　　（バッサニオに手紙を渡す）

バッサニオ
　封を切る前　尋ねるが
　アントニオさん　どうしてる？
　そのことが　まず聞きたいね
サレイリオ
　心の病は　別として
　病気ではない　元気もない
　手紙を読めば　事情が分かる
グラシアノ
　ネリッサよ　あちらの客に　おもてなし
　サレイリオ　握手をしよう
　ヴェニスのニュース　ないのかね？

貿易王の　アントニオさん
彼はどうして　いるのかい？
きっと僕らの　成功を
祝ってくれる　はずなんだ
僕たちは　金の羊毛
手に入れた　ジェイソンなんだ　カッコいい

サレイリオ

それがもし　アントニオが　失なった
金の羊毛　だったなら

ポーシャ

あの手紙　悪い知らせに　違いない
あの人の　頬から血の気　失せていく
誰か親しい　お友達　亡くされたのか
そうでなきゃ　冷静な人　顔色を
あれほど変える　ことはない
だんだんひどく　なっていく
ごめんなさいね　バッサニオ
私　あなたの　半身なのよ
だからお願い　手紙の中身
包み隠さず　話してくれる？
私の立場　どんなことでも　半分は
知っていないと　いけないわ

バッサニオ

心優しい　ポーシャさん

132

手紙には　文字から溢れる
内容が　流れ出る
僕が思いを　うちあけた時
言ったろう　正直に
僕にある　全財産は
体を巡る　この血だけ
僕が一人の　紳士だと　それだけなんだ
もちろん　嘘は　ついてない
でも　ポーシャさん
自分をゼロと　評価した
これだけで　大ほら吹きが　分かるはず
僕の財産　何もない
言うべきだった　その時に
何もないより　なお悪い
旅費をつくるに　ある友人に　借金し
その友人は　敵視されてる
男から　また借りを　してくれた
見てくれないか　この手紙
僕の友達　その体　開いた傷口　一つずつ
一語一語が　生血を流す
サレイリオ　本当か？
トリポリス　メキシコ
イギリス　リスボンと

バーバリー[26]　インドなど

やられたのか　船みんな？

商船殺し　あの暗礁が

一隻さえも　見逃さず

遭難したと　言うのかい？

サレイリオ

一隻さえも　そ・う・な・ん・だ・

たとえ現金　そろえても

あのユダヤ人　絶対それは　拒否すると

あんな男は　見たことがない

人間の　皮を被って　いるだけで

際限知らず　強欲だ

公爵に　朝に夕べに　せっついて

ヴェニスの国の　自由の権利　盾にして

「公正な　裁判を！」

大声で　いきりたつ

商人　公爵　お偉方

説得に　努めてる

何を言っても　効き目なし

奴はしぶとく　言い張って

「損失だ　証文だ　正義なんだ！」と

毒気まみれの　訴えを

26　北アフリカ地中海沿岸部の総称。

取り下げようと　する気なし

ジェシカ

父の家に　いた頃も
同族の　テュバル　チューズに
汚い言葉　吐いていた
「貸した金　その二十倍　返済よりも
アントニオ　その肉が！」と
法律の　権威の力　発揮して
押さえぬ限り　アントニオさま　かわいそう
苦しい立場　逃れえぬ

ポーシャ

困ってるのは　ご親友？

バッサニオ

友達のうち　最も大事
親切心が　溢れてて
人柄は　満点で
非の打ちどころ　ないんだよ
どこまでも　人のためにと　尽くす人
彼にこそ　古代ローマの　男が見せた
ローマ気質が　生きている

ポーシャ

いくらお借りに　なったのかしら

バッサニオ

三千ダカット　僕のため

ポーシャ

ほんのわずか　それだけで？

それならば　六千ダカット　それで帳消し

いえもっと　その倍で　その三倍で

そんな立派な　お友達

あなたのことで　髪の一本

失わせては　なりません

教会へ行き　私を妻に　なさってすぐに

その足で　ヴェニスの友の

ところへと　お急ぎなさい

そんなに悩む　あなたには

一晩でさえ　できないわ

抱かれて眠る　ことなんか

それだけの　金額ならば

何十倍に　して返す

用意はします　すぐにでも

借金を　お返しされた　暁に

お友達と　ご一緒に　お帰りなさい

その間　ネリッサ連れて

乙女や寡婦の　様に似て

つつましやかに　お待ちする

さあ早く　式を挙げ

その日のうちに　ご出立

皆さんを　おもてなしして　元気を出して

やっとのことで　私の人に　したあなた
これからも　焦がれて添える　あなたなの
だから　あなたを　大切に
友達の　お手紙を　読んでみては　くれません？

バッサニオ

「我が大切な　バッサニオ
我が船は　ことごとく　難破の憂き目
債権者たち　日を増すごとに　情が減り
事態はとても　切迫し
ユダヤ人にと　手渡した
あの証文は　期限切れ
そのカタ払うと　命なし
そうなれば　君との債務　消えうせる
望むこと　最後に君に　会えること
でも君は　青春謳歌　すればいい
君の愛が　私のもとへ　来るように
促すもので　ないならば
手紙のことは　忘れてくれれば　いいからね」

ポーシャ

まああなた　すること　早く済ませたら
お行きなさいな　すぐにでも

バッサニオ

あなたの許し　もらった今は
それでは急ぐ　大急ぎ

でもすぐに　戻ってくるよ
一夜でも　惰眠に耽る　ことはない
休息さえも　僕たちの
仲を裂いたり　できはせぬ

（全員　退場）

ヴェニス　路上

（シャイロック　ソレイニオ　アントニオ
獄吏　登場）

シャイロック

　獄吏さん　こいつから　眼を離すなよ
　お情けの　話なんかは　よしとくれ
　無利子で金を　貸すバカだ
　気をつけるんだぞ　獄吏さん

アントニオ

　まあ聞いてくれ　シャイロック

シャイロック

　証文通り　いただくだけだ
　証文に　ケチはつけるな

わしは誓いを　立てたんだ

証文通り　してもらう

おまえは　わしを犬だと　ぬかす

犬なんだから　気をつけろ

牙^{きば}があるんだ　犬にはな

公爵は　わしに正義を　与えるぞ

ろくでなしだぞ　獄吏さん

こんな奴に　ほだされて

のこのこ外に　連れ出すな

アントニオ

まあ頼むから　聞いてくれ

シャイロック

証文通り！

聞きたくもない　おまえの寝言

証文通り！

だからしゃべるな　黙ってろ！

わしはなあ　クリスチャンから　話を聞いて

調停で　同情し　ため息ついて

「それならば　しかたない」と　軟弱に言う

鈍い頭の　愚か者では　ないからな

これ以上　ついて来るな！

話すことなど　なにもない

それでいいんだ　証文通り！

ソレイニオ

見たこともない　強情な　犬野郎

アントニオ

放っておこう　願い通じる　人じゃない

私の命　欲しいのだ

その理由　よく分かってる

多くの者に　泣きつかれ

彼の没収　阻止したからだ

それで私を　憎んでる

ソレイニオ

公爵が　人肉没収

認めるわけが　ありません

アントニオ

公爵だって　法はしっかり　守らねば

外国人が　持っている　商品が

認められねば　国の法　弾劾される

この都市の　貿易　利益

あらゆる国の　賜物だ

しかたがないさ　もう行こう

打ち続く　悲しみと　損失のため

げっそり痩せた　この体

血に飢えた　原告に　これでは明日

与える肉の　一ポンド

それすらないと　いうことに

さあ獄吏　帰りましょう

バッサニオさえ　来てくれたなら
私が彼の　債務を払う
その時を　見てくれたなら
それで私は　本望(ほんもう)だ

（全員　退場）

第4場

ベルモント　ポーシャの館の一室

（ポーシャ　ネリッサ　ロレンゾー
ジェシカ　バルサザー　登場）

ロレンゾー

面と向かって　申すのは
失礼かとは　存じます
奥さまは　誠に立派
正しい心を　お持ちです
ご主人の　留守を忍んで　いらっしゃる
それがひしひし　分かります
しかしもし　誰のために　そうなって
その方が　立派な紳士で　大切な
親友なんだと　お知りになれば

きっと誇りに　思われるはず
並みの親切　それとは違う　男の契り

ポーシャ

私はね　人のため　尽くしたあとで
後悔したこと　ありません　今もそう
時には　共に　語らって
時には　共に　過ごす人
その人同士　お互いに
似ているところ　あるでしょう
顔つき　しぐさ　心掛け
主人の真の　友ならば
アントニオさん　主人に似てる　人のはず
そんな良い方　地獄の責め苦
救い出すのに　犠牲など
厭う私じゃ　ありません
すみません　自慢話を　したように
聞こえたのなら　お許しを
そんなことより　話があるの　ロレンゾーさん
主人が戻る　その日まで　この家のこと
任せても　いいかしら
ネリッサの　ご主人と
うちの主人が　いない時
ネリッサ連れて　静かに祈り
瞑想の日を　過ごそうと

二マイルほどの　ところには
修道院が　あるのです
少しの間　するつもりなの　お籠りを
どうか頼みを　聞きいれて
あなたにも　良いことなのよ
でももしも　急ぐ用事が　あれば別

ロレンゾー

承知しました　ご希望通りに　いたします

ポーシャ

家の者　もうみんな
私の決意　知っている
だから主人と　私のことを
あなたとジェシカ　代理人　それではここで
また逢う日まで　逢える時まで[27]

ロレンゾー

良い瞑想と　良いお時間を！

ジェシカ

満ち足りた　心にて
安らかに　お過ごしを

ポーシャ

そのお気持ちに　ありがとう
あなた方にも　神様の　祝福が

27　尾崎紀世彦のヒット曲「また逢う日まで」の歌詞の一節。

さようなら　ジェシカさん

（ジェシカ　ロレンゾー　退場）

さてここへ　バルサザー
これまでも　よく仕え
よく働いて　くれました
今度もまた　お願いね
この手紙持ち　パデュアまで
行っておくれ　大急ぎ
この手紙　私の従弟
ベラリオ博士に　手渡して
博士から　書類と衣服　もらうのよ
そうしたら　大急ぎ
ヴェニスに向かう　船着き場
それを携え　来てほしい
何も言わずに　すぐ行って
私は　先で　待ってます

バルサザー

精一杯の　速度出し
確かに役目　務めます

（退場）

ポーシャ

さあさ　ネリッサ　あなたには
まだ言ってない　やるべきことが　山のよう
私たち　会いに行くのよ　ご主人に
二人には　それと分からず　隠れ蓑

ネリッサ

ひょっとして　顔を合わせる　こともある？

ポーシャ

ええあるわ　変装するの
男だと　信じさせれば　いいだけよ
賭けてもいいわ　若者に　変装したら
きっと私は　あなたより
ハンサムで　カッコイイ
短剣を　腰に勇者の　姿して
声変わりする　少年みたい
かすれ声出し　話してみせる
歩きっぷりも　大股で
クールな男　よくやる自慢　しゃれた嘘
例えばね　高貴な婦人に　言い寄られ
それをキッパリ　撥ねつけた
それでみんなは　病気になって　死んじゃった
その時は　どうするすべも　なかったが
後悔してる　今日この頃だ
つれないそぶりで　死なせなくても　良かったと

取るに足らない　嘘ばかり
聞いたみんなは　言うだろう
学校を出て　過ぎてるんだろ　一年以上
頭の中に　ほら吹き話
いたずら話　山とある
それをかたって　みるつもり

ネリッサ

ありゃありゃ　そんな　私も男を
ヤルなんて　そんなこと！

ポーシャ

何てこと　あなたは言うの！
もし　そばに　淫らな思い
持つ人　いれば大変よ！
さあ行きましょう　計画の
すべてのことを　話すのは　馬車の中
庭の門口　待たせてあるの
急いでね　今日中に
二十マイル　走るのよ

（二人　退場）

28　語る / 騙る。

第5場

ベルモント　ポーシャの館の庭

（ランスロット　ジェシカ　登場）

ランスロット

　そうその通り　よく言う通り

　親の因果が　子に報い

　心配してるは　そこなんで

　いつだって　思ったことは　ズバズバと

　今も同じで　「かき混ぜて」　申しやす

　元気を出して　地獄に落ちる　確実だ

　残る望みは　ただ一つ

　私生児如き　望みだす

ジェシカ

　その望みとは　何なのよ

ランスロット

　そこですよ　あの人は

　実の父では　ないかもしれん

　そうとなりゃ　あんたはこうだ

　シャイロックの　子ではない

ジェシカ

　そういう望み　私生児願望

147

そうなると　「母の因果が　私に報い」

ランスロット

それなんで　親父さん　お袋さん

その両方からの　二重重ねの　地獄落ち

前門に　親父　狼

後門の虎　お袋さん

どっちみち　助かりようが　ねえことに

ジェシカ

私には　救ってくれる　夫がいるわ

あの人の　おかげでね

クリスチャンにも　なれたもの

ランスロット

その夫　罪深き　人なんだ

キリスト教徒　増えすぎて

生存競争　激しさ増して　憎らしい

豚肉価格が　上がるだけ

もうすぐきっと　金を積んでも

ベーコン一つ　買えなくなるに　決まってら

ジェシカ

今言った　あなたのことを

言いつけるわよ　ランスロット

噂をすれば……

（ロレンゾー　登場）

148

ロレンゾー

　ランスロット　おまえが妻を　こっそりと

　連れ出したなら　僕は嫉妬で　悩むかも

ジェシカ

　そんな心配　いらないわ

　私たち　ケンカしてたの

　ユダヤの娘の　この私

　天国なんか　行けないと

　この人言うの　ひどいこと

　あなたにも　ヴェニス市民の　資格なし

　ユダヤ人など　改宗し

　豚肉価格　釣り上げる

　そんな皮肉を　言うんです

ロレンゾー

　ムーア人をば　孕ませた　おまえと比べ

　僕のほう　市民としての　責任はとる

ランスロット

　ムーア人　もーうぁだめだ

　でもその女　身もち悪いが　目もちいい

ロレンゾー

　道化に限って　ダジャレが巧い

　いつの日か　賢者の美徳は　沈黙に

　おしゃべりで　誉められるのは　オウムだけ

そんな時代の　到来だ

さあ早く　食事を出すと　言ってこい

ランスロット

はいみんな　腹ペコで　お待ちだす

ロレンゾー

困ったやつだ　だじゃれの天才　参ったな

それならば　食事を出せと　言ってこい

ランスロット

惰性（だせい）で出せる　訳がねえ

それでも　できておりまする

それがだす　あれ出せ　これ出せ　食事出せ

ロレンゾー

じゃあ出せよ

ランスロット

それはできない　相談で

無礼なことは　できやせん

ロレンゾー

こんな時　頓智の才を

ひけらかすのは　やめてくれ

単純なんだ　僕なんか

シンプルに　言われた通り　してくれよ

さあ早く行け　テーブルに　クロスを掛けて

料理を出して　それが食事だ　分かったな

ランスロット

テーブルの　ご用意は　すぐにでも
お料理も　ご準備できて　おりやすし
お食事に　来られる時は　楽しげに
気分次第で　ご勝手に

　　　　（退場）

ロレンゾー

なかなか知恵が　働くやつだ
言うことは　しっかりしてる　場にそぐう
気が利いた　言葉を道化
詰め込んでいる　頭の中に
僕も多くの　道化を知るが
彼よりも　身分が上で　お抱え道化
言葉遊びで　言葉の中身　空っぽだ
ああジェシカ　どうしたと　言うんだね
ところで君は　どう思う？
バッサニオの　奥さまのこと

ジェシカ

どう思うって？　完璧よ
バッサニオさま　清廉潔白
とてもお似合い　心優しい　奥さまで
この地上にて　天国味わう　人ですわ
地上でそれに　値すること　なさらねば

天国の門　くぐれない
　　天国の　神様二人　勝負なさると
　　仮定して　二人の女性　賭けられる
　　一人がポーシャ　もう一人には
　　なにか添え物　ないならば　釣り合いとれず
　　この世の中で　彼女と競える　人いない
ロレンゾー
　　夫にしても　同じこと
　　君を妻　そうした僕を　夫にし
ジェシカ
　　私にも　思ってること　言わせてね
ロレンゾー
　　あとで聞くから　まず食事
ジェシカ
　　せっかくその気に　なったのに
　　誉めさせて　くれないの？
ロレンゾー
　　食べながら　してもらう
　　そうなれば　食べ物と
　　一緒になって　味が増す
ジェシカ
　　それはそうね　ではその時に

　　　　（二人　退場）

152

［第4幕］

第1場

ヴェニス　法廷

（公爵　高官たち　アントニオ　バッサニオ
グラシアノ　サレイリオ　ソレイニオ　その
他　登場）

公爵
　アントニオ　ここに出廷　しておるか？
アントニオ
　はい閣下　出廷いたして　おりまする
公爵
　おまえには　気の毒だ
　当の相手は　冷血漢で　石のよう
　憐みなくて　慈悲の心は　空っぽだ
アントニオ
　伺いました　公爵さまが
　なだめようと　お骨折り
　ありがとう　ございます

相手方　頑固一徹　変わりなく
法に照らして　逃れるすべは　ありません
このうえは　心静かに　耐え忍び
彼の猛（たけ）りに　備えます

公爵

ユダヤ人を　ここに呼べ

ソレイニオ

戸口に控えて　おりまする

（シャイロック　登場）

公爵

その場所を　開（あ）けてやれ
私の前に　立つように
シャイロック　執念深い　その態度
最後まで　貫くように　見せかけて
最後の最後　憐憫と　慈悲の心を　表すと
世間の人は　考える
賠償に　商人の肉　一ポンド
請求しては　いるものの
それを免じる　だけでなく
慈悲の心の　人間愛で
彼の損失　同情心で　考え直し
現金の　一部まで

154

心の内で　免じてる

先ごろの　重ね重ねの　損失は

貿易王と　いう身でも

にっちもさっちも　いかぬもの

鉛の胸で　固石の　心でも

憐み持たぬ　者などが

いないなんて　はずはない

頑固一徹　トルコ人

韃靼人で　さえもまた

みんな優しい　返事待つ

シャイロック

私の意向　申し述べ

懸けた誓い　聖安息日

証文通り　カタを頂く　それだけで

もしもならぬと　仰せなら

ヴェニス憲章　ないがしろ

自由を奪う　危険あり

三千ダカット　返済よりも

腐れ肉　一ポンドなどに　こだわるは

納得いかぬ　ことでしょう

それにはお答え　できません

気まぐれ心　ただそれだけが　答えです

家にネズミが　一匹入り　悪さする

これを駆除にと　一万ダカット　払うと言えば

どんな返事を　もらえます？
ある者は　丸焼き豚が　嫌いです
ある者は　猫を一目　見るだけで　気が狂う
ある者は　鼻声の　バグパイプ
その音で　尿漏れしたり　致します
喜怒哀楽は　人しだい
一人一人の　性格が
好き嫌いなど　決めるもの
丸焼き豚や　有益無害の　猫などや
猫なで声の　バグパイプ
好き嫌いには　理由なし
迷惑を　かけたり逆に　かけられたりと
これも全く　同じこと
アントニオとの　この訴訟
深い憎悪と　嫌悪感
それがもとでの　訴訟です
得にもならぬ　ことですが
ご納得　頂きとうと　存じます

バッサニオ

そんなもの　答になんか　なるものか
ひとでなし　残忍な　やり方の
言い訳なんかは　やめにしろ

シャイロック

あんたなんかを　喜ばす

　そんな筋合い　ありません
バッサニオ
　嫌いなものは　殺してしまう？
　人間の　することじゃない　そんなこと！
シャイロック
　気にもならない　ことなどを
　憎んだり　いたします？
バッサニオ
　犯罪すべて　憎しみからと　限らない！
シャイロック
　何だって？　お前は二度も　噛まれたい？
アントニオ
　やめたまえ　ユダヤ人との　口論は！
　海辺に行って　大波に　鎮まれと
　命令してる　ようなもの
　子羊を　奪ったことで　狼に
　なぜ雌羊を　泣かせるか
　そんな問いにも　似ているよ
　山頂の　松の木が
　風で小枝を　揺らす時
　叱りつけ　「音をたてるな」　叫ぶと同じ
　あのユダヤ人　宥めることが　できるなら
　無理難題も　解けるだろう
　固い心のユダヤ人　彼らほど

157

和らげにくい　者はない
もう諦めて　何も頼まぬ　ほうがいい
何をしようと　無駄なんだ
こうなれば　手短に
私には　判決を
ユダヤ人には　復讐を
与えるだけで　解決だ

バッサニオ

三千ダカット　それに対して　六千ここに

シャイロック

六千ダカット　そのうちの
一ダカットずつ　六つに割れて
さらにまた　一つひとつが
一ダカット　そうなろうとも
受け取りなんか　するもんか
証文通り　もらうだけ

公爵

人の慈悲をば　拒む者
どうして神の　慈悲を得る？

シャイロック

悪いことなど　していない
なんの裁きを　恐れましょうや
皆さまは　一人残らず　奴隷をお持ち
同じ人間　それなのに

牛馬同様　卑しい仕事で　こき使う
皆さまが　お買いになった　ものだから？
ここで言わせて　もらいましょうか
奴隷を自由に　してやって
跡取り息子に　してやって
そんな施し　なさってみたら　いかがです？
どうして彼ら　汗水たらし
重い荷物を　担がねば　ならないんです？
彼らの寝床　柔らかく
自分のものと　同じにし
上等なもの　皿に盛って　やればいい
そう申したら　ご返事は？
「奴隷など　買い主の　自由だぞ！」
きっと返事は　こうでしょう
私も同じで　ございます
欲しいと申す　肉一ポンド
大金払って　買ったもの
私のもので　あるのだし
私のものと　言ったまで
もしそれを　拒みなさると　言うのなら
お国の法が　乱れます
そうなれば　ヴェニスの掟
無いに等しい　ものになる
早くお裁き　願いたい

頂けますか　お返事を

公爵

　　公爵の　権限で　法廷閉じる　ことできる
　　この訴訟　裁定仰ぐ　ためとして
　　学識お持ち　ベラリオ博士
　　招きましたぞ　今日ここに

ソレイニオ

　　博士から　書面を持参　した人が
　　パデュアから　来られたと　いう話

公爵

　　書面をここに　使いの者を　入れなさい

バッサニオ

　　アントニオさん　勇気を出して
　　しっかりして　くださいね
　　僕の肉　血　骨のすべてを　与えても
　　あなたの血　その一滴も　与えない

アントニオ

　　私は病める　羊です
　　人身御供に　最適だ
　　果物も　弱いものから　落ちていく
　　自然の摂理　先に逝くのは　私です
　　バッサニオ　君はずっと　長生きし
　　私のために　墓碑銘を！

（判事の書記姿でネリッサ　登場）

公爵

　パデュアから　ベラリオ博士
　そこからの　使いだな？

ネリッサ

　その通りです　ベラリオ博士
　よろしくとの　ことでした

（手紙を差し出す）

バッサニオ

　なんでそれほど　精を出し
　ナイフを磨いで　いるのかい？

シャイロック

　破産した　あの体から
　カタを切り取る　ためにだよ

グラシアノ

　靴底なんかで　磨くより
　おまえの心で　研いでみろ
　そのほうが　切れ味鋭く　なるだろう
　どんな刃物に　してみても
　首切り役の　斧であれ
　執念深い　切っ先ほどに

切れるものは　ないだろう

しかしだな　どんな祈りも

切り込めないのか　おまえの胸は？

シャイロック

効き目なしだな　おまえがしてる　祈りでは

グラシアノ

地獄に落ちろ　犬野郎

おまえのような　奴　放置

そんな法が　無法だが

おまえのせいで　僕の信念　揺らぎだす

ピタゴラス²⁹の　定理じゃないが

人間の体内に　獣(けもの)の霊が　もぐり込む

そんな気がする　疑念湧く

おまえの気性　野良犬根性

狼³⁰に　宿ってた　ものだろう

そいつが人を　食い殺し

首を絞められ　もがき苦しむ　その間

そいつの魂　逃げ出して

罪深い　おまえの親の　体内に

潜(もぐ)り込んだに　違いない

29　古代ギリシャの哲学者　霊魂は転生するという輪廻説を
　　唱えた。

30　「狼」はラテン語でルプス（lupus）エリザベス女王を殺そ
　　うとしたユダヤ系ポルトガル人の名はロペス（Lopez）：シェ
　　イクスピアのだじゃれ。

修羅のおまえは　狼に似て　残忍で
飽くなきほどに　血に飢える

シャイロック

怒鳴り散らした　からといえ
証文の　判子（はんこ）は消えぬ　消えはせぬ
その大声で　さぞかし肺は　傷（いた）んでる
お若いの　修繕するなら　今のうち
ボロボロだろう　知恵袋
早くしないと　取り繕いも　できないぞ
わしはなあ　法の裁きを　願うだけ

公爵

ベラリオからの　この手紙
学識あって　若い博士を
推薦されて　おるようだ
その方は　今どこに？

ネリッサ

すぐお近くで　公爵さまの　お許しが
いただけるかと　お待ちです

公爵

喜んで　お迎えしよう
誰かそこらの　三・四人
その方（かた）を　お連れしなさい　丁重に
その間　ベラリオからの
お手紙を　紹介しよう

法廷係官

　貴殿から　お便り　拝受しましたが

　あいにくと　病床に　臥せっています

　偶然に　ご使者と同時

　ローマから　若い博士の

　バルサザーと　いうお方

　遊びがてらに　お訪ねあって

　この事件　ユダヤ人　VS　アントニオ

　相談したのは　この博士

　小生の　意見を踏まえ

　高い学識……はるか私を

　凌駕するもの……お持ちなり

　小生の　願いを聞いて　代理とて

　応じてもらう　ご依頼に

　年少だからと　軽んじられる　事なきように

　その年にして　これほどの　熟成は稀

　どうか貴殿の　ご引見

　宜しく願い　申します

　必ず彼の実績が　我が推奨を

　裏書きするで　ありましょう

公爵

　ベラリオからの　ご書面は　お聞きの通り

　今ここに　その博士

　お見えになった　もようです

164

（法学博士の服装でポーシャ登場）

さあお手を　ベラリオ博士の　代役ですね

ポーシャ

仰せの通りに　ございます

公爵

ようこそ　どうぞ　お席について

この法廷で　係争中の

事件のことは　ご存じですね

ポーシャ

子細に渡り　承って　おりまする

ここにいる者　どちらが商人？　ユダヤ人？

公爵

アントニオ　シャイロック

双方ともに　前に出よ

ポーシャ

汝の名前　シャイロック？

シャイロック

その通り　シャイロックに　ございます

ポーシャ

奇妙であるが　汝の訴訟　合法だ

それ故に　ヴェニスの法は

汝の訴え　退けられぬ

（アントニオに）汝の命　原告のもの

それに間違い　ないのだな

アントニオ

この人が　そう言うのでは　しかたない

ポーシャ

証文は　認めるのだな

アントニオ

はい　認めます

ポーシャ

そうなると　ユダヤ人

お慈悲で許す　他はない

シャイロック

強制力は　ないはずで

それは確かで　あるはずだ

ポーシャ

慈悲の心は　強制される　ものでない

空から地へと　降り注ぐ

恵みの雨の　優しさに似て

そこに祝福　二重にありて

与える者　受ける者

共に祝福　与えてくれる

慈悲なるは　権力による

支配を超えた　ものなのだ

王冠以上　王たる者の　心の王座

王位など　仮の世でしか　力を出せぬ

畏怖と王位の　裏側に　潜むもの

居座るための　恐怖のみ

慈悲の心は　支配を超えて　存在し

それは神との　一体化

地上の力　神の力に　近づける

唯一それは　慈悲が正義を　越える時

その時だけに　起こること

シャイロック　正義をかざし　訴えてるが

ここのところを　よく考えよ

正義の道で　誰しも救い　得られない

我々が　慈悲を祈ると

その祈り　その祈りにて

救済されるは　我々だ

このようなこと　申すのも

正義一筋　その訴えを

少しでも　和らげたいと　思うから

汝が更に　訴えを　続けるのなら

ヴェニスの法は　厳格に

アントニオには　不利な裁定

下さねば　なるまいて

シャイロック

自分でやった　責任は

取る気になって　おりまする

さあ裁定を　お願いします

証文通り　カタを頂く　所存です

ポーシャ

アントニオには　返済力は　ないのだな

バッサニオ

いえ　ございます　私が

この場ですぐに　支払うと

二倍にしても　それでも不足

そうならば　十倍にする

きっと払って　みせましょう

もしできぬなら　私の片手

切り取られても　構わない

頭でも　心臓でもと　言っている

それでも足りぬと　言うのなら

公正叫ぶは　表向き

悪意が底に　あること確か

お願いだ　今度ばかりは

権力を　行使して

法を曲げては　もらえませんか！

偉大なる　正義のために

小さな悪に　目をつぶる

この残虐な　悪魔の意志を

ひん曲げて　やってください　お願いだ

ポーシャ

　　そのようなこと　許されぬ
　　ヴェニスのどんな　権力も
　　定められし　法令を
　　遵守すること　あたりまえ
　　過ちが　先例となり　記録に残れば
　　同じ例で　続く誤り　生まれくる
　　国の乱れは　必至なり
　　それは一切　ならぬこと

シャイロック

　　ダニエルさま³¹の　お裁きだ
　　ああ偉大なる　ダニエルさまだ！
　　賢明な　若い判事だ
　　光栄に　存じます

ポーシャ

　　シャイロック　証文を　見せなさい

シャイロック

　　はいこれで　博士さま

ポーシャ

　　シャイロック　分かっておるな
　　この三倍の　金を返すと　言っている

シャイロック

　　誓いは誓い　天に誓いを　たてました

31　旧約聖書外典『スザンナ（ダニエル書）』において、スザ
　ンナを不法な裁判から救う若い判事。

このわしの 霊(たましい)に
偽証させろと 言うのです？
ヴェニス全部と 交換しても
それだけは できません

ポーシャ

ここにある 証文は 期限切れ
シャイロックが これを盾にと
要求するは 法に照らして 正当だ
この商人の 心臓付近
肉一ポンド 切り取ることだ
最後に聞くが 本当に
慈悲をかける気 ないのだな
三倍の 金を受け取り
証文を 引き裂かせては くれまいか

シャイロック

書かれた通り お支払い 願いたい
お見かけよりも 実に立派な 判事さま
法律を よくご存じで
その解釈も 健全だ
その法に よってこそ
信頼できる 大黒柱
どうか裁判 お願いします
魂にかけ 誓います
いかなる人の 説得も

わしを変えたり　できぬこと

願いますのは　証文通り

アントニオ

私からも　申します

どうぞお裁き　願います

ポーシャ

そうか　それなら　やむをえん

おまえの胸に　刃を受ける　準備をいたせ

シャイロック

素晴らしい　判事さま

若いのに　優れたお方

ポーシャ

法の主旨　その目的に　鑑みて

被告は処罰　受けるべし

証文にある　カタそのものは

正当と　考える

シャイロック

その通り　仰せの通り

何とまあ　公明正大　判事さま

お見かけよりも　ご成熟

ポーシャ

では　すぐに　胸を出せ

シャイロック

そうだ　その胸

そう証文に　書いてある
そうでしょう　判事さま
「心臓付近」　まさにその　お言葉通り

ポーシャ

ではそこで　その肉量る　秤（はかり）だが
汝は持って　きておるか？

シャイロック

はいはい　用意　しておりますぞ

ポーシャ

ではシャイロック　汝の費用で
外科医を用意　いたすのだ
出血で　死なないように　手当する

シャイロック

そんなこと　証文に　書かれてました？

ポーシャ

書かれては　いないはず
そんなこと　良いではないか
それぐらい　慈悲の心を　持ちなさい

シャイロック

書かれてないのは　明白だ
証文に　ありません

ポーシャ

これアントニオ　言い残すこと　何かある？

アントニオ

いえ何も　とっくに覚悟　できてます
バッサニオ　さあ握手　さようなら！
君のため　こんな結果に　なったけど
悲しむに　当たらない
運命の神　これでも少し　親切だ
いつもなら　破産した　男そのまま
生かせおき　くぼんだ眼　皺深い顔
老境なのに　貧困の
苦しさ　辛さ　なめさせる
いつ果てるとも　知れぬもの
ところがだ　今回は　その惨めさや
苦しさを　容赦して　くださった
奥さまに　伝えておくれ　よろしくと
私の最期　いかに大事に　君のこと
思っていたか　説明し
そのあとで　奥さまを
裁判官に　お見立てし　判決を
バッサニオに　親友ありか　なしなのか？
君が親友　失うことを
悲しんで　くれさえすれば
悲しいなんて　思わない
君の負債の　ためならば
身を捨てること　いとわない
ユダヤ人の　刃が少しでも

深くこの胸　刺したなら
心を込めて　言うだろう
私の債務　完済だ

バッサニオ

アントニオさん　僕には妻が　いてくれる
僕の命に　等しいほどの　貴重な人だ
だがしかし　僕の命も　妻のさえ
いやこの世界　全部でも
今の僕には　あなたほど
尊いものは　ないはずだ
失ってもいい　他のすべて
何もかも　この悪魔への　贈り物
あなたの命　救えるのなら

ポーシャ

奥さまは　嬉しくは　ないでしょう
ここにいて　そんな話を　お聞きになれば

グラシアノ

僕にもいるよ　妻がいる
愛してる　妻なんだ
でも死んで　もらいたい
天国へ早く行き　頼んでもらう　神様に
「犬畜生を　変える力を　発揮して」

ネリッサ

そういうことは　奥さまが

いない時に　言うものよ

そんな願いは　夫婦喧嘩の　もとになる

シャイロック

こういう輩　クリスチャンらの　亭主ども！

わしに娘が　一人いる

こんな亭主を　持つよりは

バラバス³² の

盗人子孫が　ずっとまし

時間の無駄だ　お願いだ

何とか早く　お裁きを！

ポーシャ

ここにいる　商人の

肉一ポンド　おまえのものだ

法廷が　これを認めて

国王が　これを与える

シャイロック

ああ　公正な　判事さま！

ポーシャ

おまえはすぐに　被告の胸を　切り取りなさい

法が承認　この法廷が許します

シャイロック

偉大なる　博学の　判事さま

---

32 キリストと共に死刑を宣告されていた人物であるが、釈
　放された。

ありがたい　さあ用意しろ

ポーシャ

少し待て！　言わねばならぬ　ことがある

この証文に　従うと

血一滴でも　流すことは　あいならぬ

証文に　「肉一ポンド」

書かれているの　それのみぞ

証文通り　やるのだぞ

憎い男の　肉を切り　肉を取れ！

その際に　クリスチャンの血

一滴たりとも　流すなら

おまえの土地も　財産も

ヴェニスの法に　基づいて

没収となり　国庫に入る

グラシアノ

ああ公正な　判事さま

聞いたか今の　お言葉を　シャイロック！

博学の　判事さま！

シャイロック

それならば　相手方の

申し出に　応じよう

証文の　三倍払って　もらえれば

無罪放免　クリスチャン

バッサニオ

さあ金は　ここにある！

ポーシャ

いいや　待て！　シャイロック
もらえるものは　正義のみ
急ぐ必要　何もない
この男には　証文の
カタ以外　やってはならぬ

グラシアノ

おい　ユダヤ人！
公正な　判事さま！
博学の　判事さま！

ポーシャ

さあ　肉を　切りとるがいい
血を流しては　なるまいぞ
多すぎるなら　犯罪行為
少なすぎても　犯罪行為
正確に　一ポンド
わずかでも　軽すぎも　重すぎも
許しはしない　きっかりと　一ポンド
わずかの差でも　その1/20の差でも
髪の毛の　一本分の　違いにて
天秤が　傾けば
おまえの命　ないものと　覚悟せよ
財産の　没収さえも　覚悟せよ

グラシアノ

　第二のダニエル　名判事　ダニエルさまだ！

　シャイロック　不信心だし　嫌な奴

　見ろ　風向きが　変わったぞ

ポーシャ

　何をグズグズ　しておるか！

　いますぐカタを　取りなさい！

シャイロック

　元金だけを　頂いて

　帰ることに　いたします

バッサニオ

　用意できてる　さあこれだ

ポーシャ

　この男　法廷で　それを拒んだ

　彼の得るもの　正義だけ　証文だけだ！

グラシアノ

　ダニエルさま　もう一度言う　ダニエルさまだ！

　礼を言うぜ　ユダヤ人

　いい言葉　教えてくれた

シャイロック

　元金も　取れないと　おっしゃるのです？

ポーシャ

　カタ以外　何も取ったり　せぬように！

　命がけだぞ　シャイロック！

シャイロック

　何てこと！　勝手にしやがれ！

　こんな問答　長々と

　つきあってなど　いられるか！

ポーシャ

　待て！　ユダヤ人

　法律が　まだ汝には　用がある

　ヴェニスの法に　規定あり

　外国人の　身でありながら

　ヴェニス市民に　直接か　間接問わず

　生命を　脅かす

　犯罪事実　明白なれば

　犯罪人の　財産半分

　被告のものと　なるだけでなく

　残り半分　国庫に没収

　犯罪人の　生命は

　公爵の　権限に　委ねられ

　発言権の　一切が

　剥奪されると　書かれてる

　分かったか！　汝は今は　この状況下

　汝が為した　直接的に　被告の命

　脅かそうと　謀ったことが

　明白な　行動により　証明された

　これにより　先に述べたる

危険の種を　自ら撒いた　ことになる
跪き　公爵さまに
<ruby>跪<rt>ひざまず</rt></ruby>き　公爵さまに
お慈悲でも　乞うがいい

グラシアノ

自分で首を　吊るお慈悲
そんな慈悲でも　願うんだ
財産が　国庫の中に　没収となりゃ
縄一本も　買う金なしだ
お国の金で　吊るされる

公爵

シャイロック　おまえたちとの
心の違いを　見せてやる
命だけは　頼まれずとも　助けよう
財産の　半分は
アントニオの　所有といたす
あと半分　国庫に入れる　もののこと
罰金刑に　軽減し　温情みせる　こともある

ポーシャ

国庫の分と　アントニオ分　別ものだ

シャイロック

いいや　こうなりゃ　命でも
何でも勝手に　取るがいい
お情けなんて　いるもんか
家の押収　同じこと

180

家を支える　大黒柱
それを取ると　言うのなら
命を取るのと　同じこと
命の糧　財産の　没収だ

ポーシャ

アントニオ　おまえにも
慈悲の用意は　何かある？

グラシアノ

首吊り縄を　ただで進呈　するだけだ

アントニオ

公爵さま　一同の方　お願いが
彼の財産　半分の　罰金刑
免除して　いただきたいと　存じます
あと半分は　娘娶った　婿殿のため
しばらく私が　預かっておく
なお　条件が　二つあり
直ちに彼を　キリスト教に　改宗させて
この法廷で　財産分与の　証書を書かせ
死後の財産　すべてのものは
婿と嫁とに　譲るべし

公爵

そうさせよう　それが嫌だと　言うのなら
この特赦　今すぐにでも　取り消しだ

ポーシャ

それで良いか　シャイロック？
　　申し立てたい　ことでもあるか？

シャイロック

　　いいえ　なにもございません

ポーシャ

　　書記に言う　譲渡証書を
　　すぐに作成　するように

シャイロック

　　もう帰らせて　頂きとうと　存じます
　　気分がいやに　すぐれませんで
　　証書のほうは　家にお送り　いただけりゃ
　　いつでも署名　いたします

公爵

　　帰ってよいぞ　しかしだな
　　言われた通り　するのだぞ

グラシアノ

　　洗礼の時　神父は二人　必要だ
　　判事が僕と　するのなら
　　陪審員並み　あと十人は　追加して
　　十二人にて　首吊り台に　届けてやるが
　　洗礼盤とは　生易し

　　　　　　　（シャイロック　退場）

公爵

　どうか私の　邸（やしき）まで

　おいでください　食事でも

ポーシャ

　恐れ多くも　お申し出　痛み入ります

　なにぶん今夜　パデュアに用事　ございます

　それゆえすぐに　出発せねば　なりません

公爵

　お急ぎだとは　残念だ

　アントニオ　この方に

　礼を言わねば　ならぬぞよ

　測り知れない　恩恵を　授かった　君だから

　　　　（公爵　高官たち　従者　退場）

バッサニオ

　ありがとう　ございます

　あなたのおかげで　友人も

　恐ろしい　罪から逃れ　無事でした

　原告に　払うつもりの　三千ダカット

　お礼とし　お受けとり　頂けません？

アントニオ

　このご恩　生きてる限り

　忘れることは　ありません

ポーシャ

心満足　それだけで

十分な　報（むく）いです

あなた方を　お救いできて

満たされて　おりますぞ

今までも　これ以上

報酬を　望んだことは　ありません

この次に　お会いする時

お忘れなく　ご機嫌よう　さようなら

バッサニオ

失礼ですが　お願いが

報酬でなく　プレゼントとし

記念の品を　持ち帰り　願いたい

そのことで　二つのことに　ご容赦を

一つには　お断り　なさらぬことで

もう一つ　ぶしつけな　このお願いに　お許しを

ポーシャ

それほどまでに　おっしゃるのなら

お気持ちに　お応えします

（アントニオに）その手袋を　記念にと　願います

（バッサニオに）あなたの記念　では　その指輪

手をお隠しに　なさったり　しないでしょうね

それ一つだけ　それで結構　なのですぞ

お願いし　まさか嫌とは　言わないだろう

184

バッサニオ

　いや実は　この指輪

　くだらない　ものでして

　こんなもの　差し上げるのは

　こちらの方が　恥ずかしい

ポーシャ

　ところがだ　これ一つ　私は望む

　なぜかむやみに　欲しくなり

バッサニオ

　実はその　この指輪には

　価値にも勝る　価値があり

　ヴェニス中で　最高の

　指輪をあとで　お送りします

　広告を出し　お探しします

　ただこれだけは　ご勘弁

ポーシャ

　口先だけは　気前がいい　ただそれだけか

　先ほどは　手を出せと　教えてくれて

　今習いたて　手を出した

　乞食がどんな　扱い受ける

　それ身に染みて　分かったぞ

バッサニオ

　いえ実は　この指輪

　家内から　贈られたもの

この指に　はめた時
宣誓を　したのです
「売らないし　譲らない　失くさない」

ポーシャ

贈り物　惜しくなったら　いい口実だ
奥さまが　まともな方と　するのなら
私には　この指輪
十分もらう　資格あり
奥さまが　事情を知れば
判事にと　譲っていても
恨んだり　なさるまい
それではここで　さようなら

（ポーシャ　ネリッサ　退場）

アントニオ

なあ　バッサニオ　その指輪
差し上げるのは　無理なのか
奥さまの　命令は　確かだが
あの人の　正当な　要求だ
それにだな　我々の　友情を
考えて　くれたなら

バッサニオ

おいグラシアノ　走って行って　追いついて

この指輪　差しあげるんだ
できるなら　アントニオさんの
お家まで　お連れしてくれ
さあ大急ぎ　僕たちも
アントニオさんの　家へとすぐに
そして明日の　朝早くには　ベルモント
急ごうよ　アントニオさん

（三人　退場）

第2場

ヴェニス　法廷

（ポーシャ　ネリッサ　登場）

ポーシャ

あのユダヤ人の　家探し
証書を渡し　署名させ
私たち　今晩ここを　発つのです
うちの人より　一日早く
帰ってないと　いけません
この証書　見せたらきっと
大喜びよ　ロレンゾー

（グラシアノ　登場）

グラシアノ

　ああちょうど　追いつけました　判事さま

　実は主人の　バッサニオ　考え直し

　この指輪　あなたさまにと

　そして食事を　是非ご一緒に　そう申します

ポーシャ

　食事は無理だ　指輪はしかと　もらい受けたと

　ご伝言　お願いいたす

　もう一つ　この若者を　シャイロック宅へ

　案内しては　いただけないか？

グラシアノ

　喜んで　いたします

ネリッサ

　先生ちょっと　お耳を貸して（ポーシャに耳打ち

　して）あの人の　指輪とれるか　やってみる

　永遠に　手放さないと

　誓わせて　あるんです

ポーシャ

　できるわよ　絶対に

　男の人に　やったって

　言い張るに　決まってる

彼らより　一枚上手　取ってやり
懲らしめて　やりましょう
さあさ　急いで！
落ち合う場所は　分かるわね

ネリッサ

シャイロックの　お家まで
ご案内　どうぞよろしく　願います

（三人　退場）

［第5幕］

第1場

ベルモント　ポーシャの館への並木道

（ロレンゾー　ジェシカ　登場）

ロレンゾー

　　こんな夜　月が輝く　煌々と

　　甘い夜風が　優しくキスを

　　路地の木立に　音もなく

　　トロイの城の　壁に立ち

　　ギリシャの陣で　ため息を

　　切なくついた　トロイラス[33]

　　その夜に　陣地に眠る　クレシダ求め

ジェシカ

　　こんな夜　シスビー[34]は　夜露に濡れて

33　トロイの王子　アキレスと闘い、殺される。

34　バビロンの乙女　恋人ピラマスと駆け落ちの約束の場所
　　に来たが、ライオンが現れたので洞窟に逃げた。後で来た恋
　　人はシスビーの血のついたヴェールを見て、殺されたと思っ
　　て自殺。それを見たシスビーも後追い自殺をする。

恋する人に　逢うために
おずおずと　つまずかぬよう　忍び足
目の前に　ライオンの　影を見て
怯えて走り　逃げ去った

ロレンゾー

こんな夜　荒海の磯　立つダイドウ[35]は
柳の小枝[36]　打ち振りて
去った恋人　カルタゴへ
戻ってくれと　ただ祈る

ジェシカ

こんな夜　魔法の草を　集めるメディア[37]
老いたイーサン　若返らすと　薬草を

ロレンゾー

こんな夜　ジェシカは
金持ちユダヤ　捨て去って
ヴェニスから　放蕩者の　恋人と
落ちのびた先　ベルモント

ジェシカ

こんな夜　若きロレンゾー　愛を誓って
忍び寄り　嘘っぽい　言葉並べて

35　カルタゴの女王　勇者アイネウスに恋をしたが、彼が去っ
てしまい、悲しみのあまり自殺した。
36　「見捨てられた恋」の意味。
37　メディアは魔法の薬草で義理の父親を若返らせた。

盗み取るのは　ジェシカの心

　　ホントの言葉　一つもないわ

ロレンゾー

　　こんな夜　可愛いジェシカ　あばずれのよう

　　男を責めて　責めまくるのに

　　男は許す　寛容さ

ジェシカ

　　「こんな夜」　言葉遊びは　負けないわ

　　でも誰か来る　聞こえてくるわ　足音が

　　　　　　　（ステファノー　登場）

ロレンゾー

　　夜の静寂に　誰なんだ？

　　とても急いで　誰なんだ？

ステファノー

　　友達だ！

ロレンゾー

　　友達だって？　どんな友達？　名前を言えよ

ステファノー

　　僕の名は　ステファノー

　　奥さまが　夜明け前には　お戻りだ

　　それを伝えに　来たんだよ

　　神聖な　十字架巡りで　跪き

    幸せな　夫婦生活　祈られて

ロレンゾー

    誰と一緒に　お帰りだ？

ステファノー

    僧侶とメイド　それだけだ
    もうご主人は　お戻りで？

ロレンゾー

    それがだな　まだなんだ
    何の便りも　ないんだよ
    とにかく家に　入ろうよ　我がジェシカ
    お迎えの　準備　しっかり　やらないと

            （ランスロット　登場）

ランスロット

    そーら　そーら　ワッハッハ！
    そーら　そーら

ロレンゾー

    誰なんだ　その声は？

ランスロット

    おーい　ロレンゾーさまを　見かけたか？
    ロレンゾーさまを　探してる
    そーら　そーら　おーいおい

ロレンゾー

叫ぶのは　やめなさい　ここだよここだ！

ランスロット

そーら！　どこだどこ？

ロレンゾー

ここだと　言って　いるだろう！

ランスロット

ロレンゾーさまに　伝えます

わが主人より　お便りが

角笛に乗せ　良い知らせ

それがいっぱい　溢れてる

ロレンゾー

愛するジェシカ　中に入って

戻られるのを　待とうじゃないか

いやここでいい　入らなくても　いいだろう

ステファノー　君に頼もう　伝えておくれ

家の者に　奥さまがすぐ　戻られるから

出迎えの　音楽を　奏でるように

（ステファノー　退場）

何とまあ　艶やかな

月の光が　岸辺には

眠りについて　いるのだろう

ここに座って　音楽の　調べが耳に

忍び寄るのを　待ちましょう

柔らかな　静寂（しじま）の夜に

甘美な調和の　音がする

座ってごらん　我がジェシカ

見てごらん　天の床（ゆか）

古色（こしょく）輝く　黄金色（こがねいろ）

象牙細工（ぞうげざいく）で　敷き詰められて

君の目に　届く小さな　星だって

空を渡って　天使の歌を　歌ってる

澄んだ瞳の　チェルビン たちに　合わせるためだ

そんな調和は　魂の

不滅の中に　宿るもの

悲しいことに　人の魂

泥の衣に　包まれてると

人にはそれが　聞こえない

　　　　（ミュージシャン　登場）

さあみんな　月の女神の　ダイアナに

讃歌を捧げ　目覚めてもらい

奥さまの　耳に届けと

ソフトな　調べを　奏でつつ

38　子供姿の天使。

奥さまの　家路をそっと　包み込む
ジェシカ
　　一度も私　音楽聴いて
　　楽しくなった　ことないの
ロレンゾー
　　理由はね　君の心は　敏感すぎる
　　見てごらん　野生で気ままな　牛たちを
　　あるいはね　調教まだの　子馬たち
　　彼らはみんな　血をたぎらせて
　　狂ったように　大声で
　　うめき　吠え　いななくが
　　トランペットか　音楽なにか
　　突然　耳に　入ってくると　棒立ちになり
　　獰猛な目は　つつましやかに　なるんだよ
　　ギリシャの詩人　オルフェウス[39]
　　木々　岩　水の　流れさえ　魅了した
　　どんな頓馬な　男でも
　　意地っぱりの　男でも
　　怒りっぽい　男でも
　　何にも　動じぬ　男でも
　　音楽を　聴けばたちまち　性格変わる
　　心に音楽　持たぬ者

39　ギリシャ神話　動物、木、岩でさえ魅了した竪琴の名手。

196

心地よい　音の調和に
心響かぬ　者などは
謀反　陰謀　破壊など
そんな破調に　共鳴し
こんな男の　魂は
闇夜の如く　くすんでる
その感情は　エレボス[40]ほどに　真っ黒だ
そんな輩は　信用ならぬ
さあさみんなで　音楽聴こう

（ポーシャ　ネリッサ　遠くから登場）

ポーシャ

あそこの明かり　見えるでしょ
私の家の　大広間
小さな明かり　遠路一途に　光投げ
良い行いが　醜い世界　照らすに似てる

ネリッサ

月が照る時　ロウソク見えず

ポーシャ

そうよ　そうなの　大きな光
消してしまうの　小さな光

40　ギリシャ神話　暗黒の神。

代理の王が　王として　輝けるのは
本物の　王様の　お出ましまでの　少しの時間
仮の威厳は　消え失せる
奥地の小川が　大川に
飲み込まれるのと　同じよう
音楽を　耳をすまして　おききなさい⁴¹

ネリッサ

お屋敷からの　音楽ですね

ポーシャ

尊ぶ気持ち　それが大事と　よく分かる
聞こえてくるの　昼間より
ずっと優しい　音色だわ

ネリッサ

夜の静寂で　美しき音　さらに良く

ポーシャ

カラスでさえ　ヒバリのように　美声で歌う
聞き手がいない　時のこと
ウグイスが　ガチョウと昼間　共に歌えば
ミソサザイと　同じぐらいの　評価だわ
季節の食事　季節に食す　季節味
旬にこそ　賞味されると　味が良い
ねえ見てごらん　月がほら

_____

41　童謡「森の水車」から　清水みのる作詞。

エンディミオン⁴²と　床<ruby>床<rt>とこ</rt></ruby>に入った　一緒によ

少年は　目覚めることは　ないでしょう

ロレンゾー

奥さまの　お声だよ　間違いはない

ポーシャ

盲人が　カッコウの声

識別できる　そのように

私の声と　分かるのね

だって私は　カラス声

ロレンゾー

我がマダム　お帰りなさい

ポーシャ

祈ってました　私たち

夫の無事と　ご繁栄

もうお戻りに　なってるの？

ロレンゾー

まだです　マダム　でも使者が来て

到着は　もう間近との　お知らせが

ポーシャ

ネリッサ　中に　入って行って

召使に　知らせてね

私たち　留守してたこと

42　月の女神に愛された美少年　女神が少年を愛撫したいが
　ために、彼は永遠に眠らされてしまった。

口に出しては　いけないと
ロレンゾー　あなたもよ　ジェシカもよ

ロレンゾー

ご主人の　お帰りで
トランペットの　音がする
奥さまどうか　ご安心
僕たちは　口が堅いの　自慢です

ポーシャ

どうしてか　今宵の色は　蒼ざめて
なんとはなしに　お日様が
顔を出さない　昼のよう

　　　　(バッサニオ　アントニオ　グラシアノ
　　　　従者　登場)

バッサニオ

日が　出ぬ時に　歩いても
あなたがそばに　いてくれたなら　大丈夫

ポーシャ

私のライトで　照らさせて
お願いは　ライトを軽く　扱わないで
理由はね　軽い奥さま
夫の心　重くする
ご主人さまに　そんな思いは　させられないわ

　すべては　神の思し召し

　ようこそ　お帰り　なさいまし

　ごゆっくり　おくつろぎ　くださいね

バッサニオ

　ありがとう　友達も　温かく

　迎えてあげて　くれるかい

　これが親友　アントニオさん

　一生　御恩　忘れない

ポーシャ

　いろんな意味で　お世話になった　方でしょう

　当然よ　この方は　あなたのために

　一途に尽くして　くださった

アントニオ

　いえそんな　たいした事じゃ　ありません

　もうこんなにも　自由の身

ポーシャ

　よくおいで　くださいました

　言葉に勝る　方法で

　お示しせねば　なりません

　言葉での　挨拶は　これぐらいにて

グラシアノ

　(ネリッサに)あの空の　月に懸けて　誓うけど

　そりゃあ　あんまり　ひどすぎる

　本当だ　判事の書記に　あげたんだ

ああ君が　そんなにも　気になるのなら
あの書記が　去勢男子で　あればいい

ポーシャ

あらあらあらら　もうケンカ？
いったい全体　どうしたの？

グラシアノ

金の指輪の　ことでして
つまらん物の　ことでして
彼女が僕に　くれまして
その詩心　刃物屋が
ナイフに刻む　文言と　同じで
「愛用してね　捨てないで」
そんな類の　文句です

ネリッサ

碑銘や値段　そんな話に　すり替える？
指輪をお渡し　した時に
あなたは誓って　くれたでしょう
「死ぬまでずっと　身に付けて　おります」と
「死んだとしても　僕は指輪と　眠ります」と
私のためで　なくっても
自分に誓った　言葉のために
指輪大事に　身に付けること　基本でしょ
判事の　書記に　やったって！
だめよそんなの　神様が　裁判官よ！

　　指輪をあげた　書記さんて
　　髭も生えて　ないんでしょう

グラシアノ

　　大人になるまで　生きていりゃ
　　いつかはきっと　生えるだろう

ネリッサ

　　そうでしょうとも　女が長く　生きてれば
　　男になると　言うのなら

グラシアノ

　　そのことならば　誓って言うが
　　十代の　若者に　やったんだ
　　幼くて　発育不良の　少年だ
　　背の高さ　君とほとんど　同じほど
　　書記で　おしゃべり　お礼にと
　　指輪をくれと　言い張るし
　　絶対に　断り切れる　ものじゃない

ポーシャ

　　それはあなたに　非があるわ
　　遠慮なく　言わせてもらう　はっきりと
　　奥さまの　それは最初の　贈り物
　　そう易々と　あげるとは
　　誓って　指にはめた物
　　そう言えば　ここにいる　この人に
　　私も指輪　贈ったわ

この人は　世界の富を　積まれても

この指輪　絶対に

手放すことなど　あり得ない

そう誓って　くれました

さて　ほんとうに　グラシアノ

奥さまに　悲しみの　原因つくる

心ないこと　ひどいこと

もし私にも　そんなことなど　起こったら

気が触れて　しまうかも

バッサニオ〈傍白〉

目も当てられぬ　大事に<ruby>（<rt>おおごと</rt>）</ruby>　なってきた

左手を　切り取ってれば　良かったか

そうすれば　大事な指輪

取られまいと　格闘し

手を切られたと　言えたのに

グラシアノ

バッサニオさんも　その指輪

裁判官に　せがまれて

やってしまった　ことなんだ

実際に　それほど仕事　よくしてくれた

この少年も　いや　この書記も

書類作成　骨折ったので

僕の指輪を　くださいと　言い出した

二人とも　お礼には

　指輪じゃないと　だめと言う

ポーシャ

　どの指輪　おあげになったの？

　まさか　私が　差し上げた

　指輪じゃないわね　そうでしょう？

バッサニオ

　過ちを嘘で固めて　いいのなら

　「もちろんだ」と　言いましょう

　でもこの通り　僕の指には　指輪なし

　申し訳ない　譲り渡した　これ事実

ポーシャ

　そうその通り　あなたの心に

　真実誠意が　欠けている

　指輪を　お見せ　いただくまでは

　ベッドは共に　できません

ネリッサ

　私も同じ　私の指輪が　見つかるまでは

バッサニオ

　愛するポーシャ　もし君が

　僕が誰に　指輪をあげた

　誰のためかを　分かってくれて

　指輪の他は　受付けないと　断言されて

　どんなにつらく　悩み果て

　あの指輪　心に背いて　手放したのか

205

それさえ分かって　くれたなら
機嫌　それほど　損ねはしない

ポーシャ

あの指輪　どんなに大事か　分かってて？
それを贈った　女性の価値の　半分も
あるいは指輪　はめている
名誉を理解　していたら
指輪をあげたり　しないはず
理不尽な　男性も
あなたの心に　強い熱意が　ほとばしり
頑なに　それを拒めば
記念の品を　そうまでしても
奪い取ろうと　いう人が　いるかしら？
ネリッサは　いいことを　言いました
絶対に　あげたのは　女性でしょ！

バッサニオ

いや違う　名誉にかけて
魂にかけ　誓います
女では　ありません
あげた相手は　法学博士
お礼に出した　三千ダカット　受け取らず
指輪が欲しいと　頑なに
もちろん僕は　はねつけた
機嫌を損ねて　帰る姿を見送った

親友の　命を救って　くれた人
それでいいのか　我がポーシャ
僕は我慢が　できなくて
すぐあとを　追いかけさせて
譲り渡した　嘘じゃない
羞恥心　義理の心に
追い立てられて　静観できず
僕の名誉を　恩知らず
そんな汚名で　穢したく　なかったからだ
許しておくれ　我がポーシャ
夜を照らす　祝福の
キャンドルに　懸けても言える
あなたがそこに　いたのなら
あなたは僕に　せがんだはずだ
「博士に指輪を　あげなさい　快く」

ポーシャ

その博士　家の近くに　来させないでね
だって　その方　大事な指輪
その宝石を　お持ちでしょ
それはあなたが　私のために
大事にすると　誓ったものよ
あなたのように　気前よく
持っているもの　求められれば　この私
その方に　なんでもあげて　しまうかも

私の体　夫の寝床　みんなみな

その方と　濃密な　関係になる

そんな予感が　するのです

一晩でさえ　家を空けたり　しないこと

アルゴス[43]ほどに　見張ってないと

少しでも　私のことを

ひとりっきりに　してみなさいな

私だけの　ものである

操に懸けて　誓って言うわ

その博士　私のベッドの供とする

ネリッサ

書記さんと　私もよ

だから私を　一人になんか　しちゃだめよ

グラシアノ

やるのなら　かってにやれば　いいことだ！

僕の目に　触れないように　やるんだぞ！

とっ捕まえて　奴のペン

へし折ってやる！　真っ二つ

アントニオ

私が撒いた　喧嘩の種だ

ポーシャ

嘆かないで　くださいね

43　ギリシャ神話に登場する百の目を持つ巨人。眠る時も目
は二つしか閉じない。

何があろうと　あなたのことは
心から　歓迎します

バッサニオ

やむをえず　やってしまった　許してほしい
ここにいる　友達の前で　誓うから
澄んだその目に　僕を映して　誓うから

ポーシャ

よくもまあ　そんなこと　言えるわね
私の両目に　自分自身を　二人見て
右と左と　別々に　誓うのですね
さぞかしきっと　信用できる　誓いだわ

バッサニオ

違うって　少しばかりは　黙って聞いて
謝罪するから　魂に懸け　きっぱり誓う
もう二度と　破りはしない　絶対に

アントニオ

彼の富　そのために
私の体を　カタにした
指輪をあげた　判事の助け　なかったら
私は体　失くしてた
今ここで　我が魂を
カタにして　懸けましょう
ご主人が　誓いを破る　ことなきように

ポーシャ

それではなって　くださいね　保証人
バッサニオに　これを渡して　もらえます？
なお誓わせて！　前のものより
大切に　するのだと

アントニオ

バッサニオ　この指輪
離さず付けて　いることを
神に懸け　誓うのだ！

バッサニオ

何てこと！　博士にあげた
指輪とこれは　同じもの！

ポーシャ

私がね　博士から　いただいたもの
この指輪　もらうためにと
博士とベッド　共にした

ネリッサ

悪いわね　グラシアノ
博士の書記の　少年と
ベッドを共に　したのです
そのお礼なの　この指輪

グラシアノ

何てこと！　こんなのまるで
道はまだ　きれいなままで　傷つかず
それなのに　道路工事を

夏にヤル　そんな話だ

僕たちが　不貞でも

働いたとか　言うのかい！

ポーシャ

下品なことは　おっしゃらないで

驚いてるわ　皆さまが

手紙があるわ　時間があれば　お読みなさいな

パデュアから　ベラリオさまの　お手紙よ

お読みになれば　分かること

私が博士　ネリッサは書記

ロレンゾーが　証人に　なってくれますわ

あなたのあとを　すぐに追い

たった今　お家に着いた　ばかりです

まだ家に　入っても　おりません

アントニオさま　ようこそおいで　くださいました

あなたのために　最高の　良い知らせ

今ここに　携えて　来たのです

手紙の封を　お開けになって　くださいね

そこに書かれて　いるでしょう

三隻の　船隊が

思いもかけず　積み荷満載

帰港したとの　知らせです

この手紙　いかに私が　手に入れた？

奇遇なことは　申し控えて　おきますね

アントニオ

　感謝の気持ち　言葉には　なりません

バッサニオ

　あなたが博士？　そうなのですか？

グラシアノ

　君が不埒な　書記だったのか？

ネリッサ

　その書記さんと　不貞はないわ

　大人になって　男になると　話は別よ

バッサニオ

　可愛い博士　僕が家には　いない時

　ベッドを共に　妻のこと

　愛してやって　くださいね

アントニオ

　ポーシャさま　あなたのおかげ　この命

　財産さえも　私のもとへ　戻ったと

　確かにここに　書かれてる

　私の船は　無事帰港

ポーシャ

　それからね　ロレンゾー

　私の書記が　あなたにも　良い知らせ

ネリッサ

　ええその通り　それは無料で　差し上げるわよ

　さあこれを　あなたとジェシカに

　　金持ちの　ユダヤ人
　　その人からの　証文よ
　　財産みんな　二人に譲ると　書かれてる

ロレンゾー

　　奥さまこれは　飢えた者には
　　天から注ぐ　マナ⁴⁴のよう

ポーシャ

　　もう夜明け　まだあなた方
　　これだけで　きっと満足　なさってないわ
　　さあ中に　入りましょう
　　家の中なら　どんな質問　なさっても
　　正直に　お答えします

グラシアノ

　　それはいい　質問の　一番目
　　僕のネリッサ　はっきりと　答えておくれ
　　明日^{あす}の夜まで　待つのかい？
　　夜明けまでには　時間があるし
　　いますぐに　寝室へ？
　　「夜よ明けるな！」
　　きっとそう　思うだろぅ
　　博士の書記と　同じベッドで　寝るのなら

44　『出エジプト記』　モーゼに率いられたユダヤ人がエジプ
　トを出て、アラビア砂漠で飢餓に瀕していたところ、神が空
　から降らせたという食物。

心配の種　なくなった
これからは　指輪をはめて　いることが
新たな悩み　頭痛の種に

　　　（全員　退場）

あとがき

　スペイン王フェリペⅡ世によるエリザベスⅠ世（1533
－ 1603）暗殺未遂事件の陰謀の一味に加わったとして、
女王付きのポルトガル人医師ロドリゴ・ロペスが処刑され
たのは 1594 年 6 月である。陰謀ということ自体がでっち
あげだという話もあり、真偽のほどは今となってはどうな
のか分からない。このロペスはユダヤ系の人物であった。
　しかし、イギリスではエドワードⅠ世（1239 － 1307）
がユダヤ人を国外追放してから、エリザベスⅠ世の頃も、
引き続きユダヤ人はイギリスへの入国は拒否されていたの
である。ところが、ロペスの例もあるように、ユダヤ人は
ヨーロッパのどこにでもいた。イギリスでは、ユダヤ系の
人物が高利貸しをすることは多く、ユダヤ人への偏見は根
強かった。この事件でくすぶっていたユダヤ人に対する反
感が、一般庶民の間で一気に炎上したのは確かである。こ
の事件を骨子の一つとして『ヴェニスの商人』が上演され
たのは 1596 年頃である。
　この作品と、百年後の日本で上演された近松門左衛門
の『曽根崎心中』（「此の世のなごり　夜もなごり　死に
行く身を　たとふれば　あだしが原の　道の霜」で始ま
り、「未来成仏　うたがひなき　恋の手本と　なりにけり」
と結ばれる作品）が上演された経緯は似ている。お初（女

郎）と徳兵衛（醤油屋の使用人）との庶民の心中事件を扱った『曽根崎心中』も、同時代のニュース性のある社会事件の上演である。

　どちらもセンセーショナルな作品だったことは間違いない。『曽根崎心中』の上演は 1703 年。ちょうど、シェイクスピアが四大悲劇である『ハムレット』（1601）、『オセロ』（1602）、『リア王』（1605 ？）、『マクベス』（1606）を上演していた百年後である。

　『ヴェニスの商人』には複数の種本があるとされるが、シェイクスピアがそれを彼自身の手でまとめ上げ、歴史に残る名作を作り上げたことは確かである。

　この作品を翻訳するために一言一句注意して読んでいて、「肉一ポンド」にこだわるシャイロックが提訴する、人肉裁判の根本原因である根深い人種問題のことが筋立てとして表向きにはあるのだが、実はその奥に、シェイクスピアが、日常経験し、そこから彼が得た思いや考え、彼の人生哲学があちらこちらに散りばめられているのがよく分かった。

　例えば、現代の日本で世襲制になったのかと思える「政治家とその腐敗のこと」、「人としてあるまじきこと」、そして、「軽薄な女性のこと」など、私が随筆や子供の童話集の中に組み込んで何度も書いてきたことと同じことが書かれていた。

　この個所では、私の心がシェイクスピアと共鳴し、「三

倍に、いや十倍」に強調されて訳されている。あたかも、
借金の三千ダカットを数倍にして返済し、アントニオの命
を救おうとしたバッサニオのようなものである。
　特に、

　　運命を　欺き　徳の心なく
　　何の値打ちも　ない人が
　　威張り散らすは　これ同じ
　　身分　地位　官職などが
　　腐敗まみれで　受け継がれてる
　　こんなことなど　あってはならぬ
　　名誉など　人の値打ちに　よってのみ
　　得られるものと　心得よ

　このアラゴン王子の個所で、私はシェイクスピアに拍手
を送った。
　もう一つ　どうしても本文を思い起こして頂きたい個所
がある。シェイクスピアは「お化粧美人」や「人と言葉」
について、バッサニオに箱選びの際、次のように語らせて
いる。

「お化粧美人」
　女を見ても　分かるはず
　美貌でも　量り売り

化粧一つで　世にもまた
不思議な　奇跡　巻き起こる
顔に塗るもの　重さが増せば
増した量だけ　ケバ女
下地の心　軽薄　浮薄
人間の　軽重が
みるみる軽く　なり果てる
要するに　うわべばかりの　お化粧美人

「人と言葉」
言葉の世界で　言うならば
真実風味で　包まれて　虚偽や嘘
実しやかに　伝わると
賢者でさえも　罠に陥る　こともある
巧妙に　飾られて
できた「虚」は「実」とは離れ
「皮膜」だけの　黄金だ

　近松門左衛門の「虚実皮膜論」（演劇は虚と実との微妙
な境目にある）もここに入れさせてもらった。これでシェ
イクスピアの作品に近松門左衛門の演劇理論を入れて、西
洋と東洋の知恵を合一したつもりだが、結果は見ての通り
である。

....

　いまの日本でも、シェイクスピアの普遍性のある教えを素直に聞けば、私たちの社会も今より住みやすいものになるでしょうし、『ヴェニスの商人』を心して読めば、いまの日本人が忘れかけていることを思い起こさせてくれるはずです。『ヴェニスの商人』はそんな大切な作品であります。

　この思いを共感していただければ、訳者の望外の喜びです。

　お読みいただき、ありがとうございました。

　いつもながら、風詠社の大杉剛社長、心のこもった丁寧な編集をしていただいた藤森功一氏、校正の吉田裕司様にお礼を申し上げます。

今西　薫